Pelé, Gerson a'r Angel

Diolch i'r canlynol am eu cefnogaeth, caredigrwydd a'u cyfeillgarwch:

Joe Davies; Jennifer, Ieuan a Jessica Reid; Owain Rogers; Paul Lucas; Tim a John Tillman; Alun Gwyn; Iestyn Evans; Darren Beecroft; Emyr Llewelyn; Huw Oliver; Sandra Ellis; Dafydd Tudor; Ffion Jones; Dyfed Williams; Big Al a Benji; Sian Prydderch Huws; Mansel Beechey; David R. Edwards; Ruth O'Hara; Paul Edwards; ac yn enwedig i Owen Llew am fy narbwyllo i ysgrifennu'r fath nonsens. Diolch.

Diolch hefyd i'r Hen Lew Du.

Daniel Davies

Pelé, Gerson a'r Angel

yLolfa

Argraffiad cyntaf: 2001

Lluniau'r clawr: Robat Gruffudd
Cynllun: Ceri Jones

Rhif Llyfr Rhyngwladol: 0 86243 576 5

Cyhoeddwyd yng Nghymru
ac argraffwyd ar bapur di-asid a rhannol eilgylch
gan Y Lolfa Cyf., Talybont, Ceredigion SY24 5AP
e-bost ylolfa@ylolfa.com
y we www.ylolfa.com
ffôn (01970) 832 304
ffacs 832 782
isdn 832 813

Cyflwynir y llyfr i fy mam,
Hannah Mary Davies

Pennod 1

Dihunais gyda syched.

Felly, a hithau'n un ar ddeg o'r gloch y bore, cerddais i mewn i dafarn yr Angel. Roedd yr un cwsmeriaid yno â'r noson cynt; a dweud y gwir, yr un rhai oedd wedi mynychu'r lle ers i mi symud i'r dre dridiau ynghynt, a mwy na thebyg eu bod nhw wedi bod yno ers blynydd-oedd, os nad degawdau. Nid chwiw yw'r diddordeb mewn yfed, gyfeillion, ond proffesiwn!

Dyna i chi'r tri gŵr doeth yn eistedd mewn bardd-oniaeth yn y bar ffrynt – rhyw Gaspar, Melchior a Balthazar – yn pori drwy eu copïau ffres o'r *Sporting Life*, y *Racing Post* a'r *Welsh Mirror*. Eu gwydrau'n llawn cwrw a'u hwynebau'n llawn gobaith. Byddai'r cwrw a'r gobaith yn diflannu ar raddfa debyg wrth i fethiant diwrnod arall amlygu'i hun.

Ymunais â'r tri gŵr doeth, gan sylwi'n syth fod rhywbeth yn wahanol amdanyn nhw heddiw – roeddynt i gyd yn gwisgo siwt a thei.
—Pwy sy wedi marw? gofynnais.

Cododd y dyn ar y chwith ei ben am eiliad.
—Neb, atebodd yn swta, cyn i'w ben ddiflannu'n ôl i'r môr o ffeithiau a rhifau o'i flaen.

Doedd Brian Mathews, neu Escoffier i'w gyfeillion, ddim am siarad. Roedd wedi cael y llysenw hwn oherwydd ei fod yn gogydd, ac er nad oedd yn cyfateb i'r darlun ystrydebol o Ffrancwr llond ei groen yn chwerthin ac yfed gwin wrth baratoi *Supreme de foie gras des Alpes*, roedd yn gweithio mewn cegin yn yr ysbyty leol. Ef oedd yn paratoi *gateaux* i'r 'gwesteion' oedd yn dioddef o glefyd siwgr, sglodion i'r rhai gyda lefelau uchel o golestorol yn eu gwaed, a saws brandi i'r meddwon.

Hedfanodd angel heibio'r ffenest. Tawelwch. Munudau'n cropian; a minnau'n dal i ddyfalu pam fod y rhain yn gwisgo siwt.

—Pwy aeth o flaen ei well heddiw? Rhoddais gynnig arall arni.

—Neb, atebodd y dyn oedd yn eistedd yn y canol, heb godi'i ben o'i gopi o'r *Post*.

Roedd y dyn tenau hwn yn ei bumdegau hwyr, gyda'i wallt wedi'i gribo'n ôl ac yn sgleinio fel talcen yfwr wisgi ar nos Sadwrn. Braf yw medru cofnodi bod rhai pobl yn dal i ddefnyddio *Brylcream*. Rhyw bum mlynedd yn iau nag Escoffier ydoedd, a'i lysenw yntau oedd Pelé. Nid oedd yn dod o Frasil, ac nid oedd yn medru chwarae pêl-droed, ond roedd wedi llofnodi siec unwaith, a Pete tu ôl i'r bar wedi gweld yr enw William Victor George Edward Evans cyn dweud...

—Blydi hel, mae dy enw di'n hirach nag enw llawn Pelé!

Cafwyd pum munud arall o dawelwch. Erbyn hyn roedd cannoedd o angylion yn hedfan o gwmpas y dafarn. Munudau'n cropian; a minnau'n *dal* i ddyfalu pam fod y rhain yn gwisgo siwt.

—Ol reit, 'te. Pam y'ch chi'ch tri'n gwisgo siwts?

—Gwranda. Beth wyt ti'n 'i glywed? holodd Pelé.

Heblaw am Pete y barmon yn glanhau gwydrau, ac adenydd yr angylion yn fflapio, yr unig sŵn arall oedd y teledu yn y bar cefn. Cymerodd Pelé ac Escoffier ddrachtiau hir o'u gwydrau.

—Ascot, meddai Tom, y trydydd gŵr doeth. Neu ife

Goodwood? Sa i'n siŵr, meddai wrth grychu'i dalcen yn yr ymdrech i geisio cofio pa ganolfan rasio oedd yn denu eu sylw heddiw.

—Ascot! Ascot! Ascot! Uchafbwynt y tymor rasio ar y fflat, mynnodd Pelé yn awdurdodol. Fel y byddai unrhyw un sy'n dilyn y *Sport of Kings* yn gwybod, ychwanegodd yn chwyrn.

Gydag enwau bedydd fel William Victor George Edward, fe ddylai hwn wybod. Edrychodd arnaf yn sych, a gwyddwn ei fod o'r farn nad oeddwn yn deall dim byd am fetio, ac nad oeddwn felly yn haeddu ei sylw.

—O, dywedais, cyn cilio i ddiogelwch y bar am beint. Cefais sgwrs fer iawn gyda Pete am y peth hyn a'r peth arall, cyn iddo fynd ati i ddechrau sôn am ei hoff bwnc. Gwrandäwr, ac nid cyfrannwr oedd fy rôl o hynny ymlaen, gyda'r sgwrs yn fonolog oedd yn cynnwys dau berson.

Mae pobl sy'n gweithio y tu ôl i'r bar yn rhannu'n ddwy garfan, sef y rhai sydd *wedi* cyflawni popeth yn eu bywydau, ac sy'n gweithio y tu ôl i'r bar dros dro cyn mynd i ffwrdd i gyflawni pob dim eto, a'r rheiny sy'n *mynd* i gyflawni popeth, ond sy'n rhy brysur ar hyn o bryd yn gweithio y tu ôl i'r bar i fedru gwneud hynny. Roedd Pete yn aelod o'r ail garfan.

Ei nod mewn bywyd oedd diddanu'r lliaws trwy fod yn ddigrifwr. Yn anffodus i'r rhai oedd yn mynd i gael eu diddanu, ac i gomedi'n gyffredinol, nid Grock, Tati, Keaton, Bruce neu Morecombe oedd arwyr Pete, ond Bernard Manning, Roy Chubby Brown, Jim Davidson, a rhyw ddiddanwr o Dde Cymru o'r enw Terry Smiles. Roedd wedi bod yn gweld Smiles yn perfformio droeon, a dyma beth oedd wedi ei ysbrydoli i geisio dod yn ddiddanwr. Yn wir roedd ganddo nifer o gymwysterau i fod yn ddiddanwr – er ei fod yn ei ugeiniau cynnar roedd ganddo fwstás ac wyneb coch, tew. Ond heb os nac oni bai ei brif gymhwyster oedd ei dewdra. Roedd yn pwyso dros ddeunaw stôn.

Treuliais yr awr nesaf yn gwrando arno'n traethu am fenywod tew, menywod gyda bronnau mawr, menywod heb fronnau mawr, menywod heb fronnau o gwbl; dynion â'u gwreiddiau teuluol yn Lahore, Beijing a Port of Spain; lesbiaid, hoywon, Gwyddelod, mamau-yng-nghyfraith, ac ambell i fam-yng-nghyfraith Wyddelig lesbaidd gydag un fron... fawr! Yn wir roedd ganddo gasgliad eang o jôcs ar amrywiol bynciau.

Mewn ymdrech i'w achub ceisiais esbonio wrtho y byddai'n well iddo addasu ei jôcs ar gyfer cynulleidfa Gymraeg.

—Feddylia i am y peth, oedd ei ateb i'm cyngor, cyn dechrau ar stori am Wasim Akram, Y Fam Teresa a Sinead O'Connor yn cerdded mewn i'r bar... Erbyn hyn roeddwn wedi colli diddordeb yn ei hiwmor unigryw ef, a throais i gyfeiriad y tri gŵr doeth. Sylwodd Pete, a sibrydodd...

—Dim siawns.

—Beth?

—Y tri 'na, ychan. Edrych ar Escoffier fan'na. 'Na gyd mae e'n gwneud yw dewis ceffyl pan mae'n hoffi'r enw. Os oes 'da'r ceffyl rhywbeth i wneud â bwyd o Ffrainc mae'n rhoi bet arno fe. Fe enillodd e lwyth o arian gyda *L'Escargot* yn y Nashonal, ond roedd hynny'n ôl yn 1975. Y broblem yw dyw ceffyl ddim yn gwybod ei enw...

—Neu fe fydde' ceffyl o'r enw *Shit Hot Dragster* yn ennill pob ras, meddwn innau.

—A fydde *L'Escargot* byth wedi ennill.

Jôc wael, ond yr un orau o'r hanner cant i mi glywed

ganddo ers bod yn siarad â Pete, neu wrando arno'n hytrach.

—Beth am Tom? Faint o siâp sydd arno fe? gofynnais.

—Waeth fyth. Dyw e byth yn gallu penderfynu ar ddim byd.

O edrych ar y tri gwelais eu bod yn dadlau am werth ceffyl o'r enw *Burgundy Boy*. Roedd Escoffier yn tyngu ei fod yn *dead cert*, tra bod Pelé'n dadlau mai asyn ydoedd. Eisteddai Tom rhwng y ddau yn edrych yn ôl ac ymlaen, yn ôl ac ymlaen, gan ysgwyd ei ben a dweud 'Sa i'n siŵr. Sa i'n siŵr.'

Aeth Pete ati i esbonio.

—Pan fydd Tom yn betio mae'n rhoi bet ar o leia dri neu bedwar ceffyl ym mhob ras, am nad yw e byth yn siŵr pa un sy'n mynd i ennill. O ganlyniad, pan mae'n colli, mae'n colli'n rhacs; pan mae'n ennill, mae'n cael ei arian 'nôl os yw e'n lwcus!

—Pam ei fod e'n betio, 'te?

—Mae e mewn dyled dros 'i ben a'i glustie. Mae'n gorfod talu am gynnal pump o blant. Fe yw *Public Enemy Number One* y CSA. Closiodd Pete ataf, a sibrwd. Rhyngddo ti a fi, mae ganddo'r whanjer mwyaf yr ochr yma i Buenos Aires, yn ôl pob sôn. Mae wedi rhoi llawer o bleser i nifer o fenywod dros y blynyddoedd. Ond yn anffodus mae'n meddwl 'da'i goc yn hytrach na'i ben...

—A dyw e ddim yn gwybod pryd i gadw'r sip lan, dywedais yn glou i gloi'r stori anweddus braidd hon a hithau mor gynnar yn y dydd.

—A beth am Pelé? gofynnais.

—Y gwaethaf o'r cwbwl. Wedi ymgolli'n llwyr mewn gamblo. Mae'n fodlon rhoi bet ar unrhyw beth. Pan oedd e'n briod fe orfododd ei wraig e i fynd i *Gamblers*

Anonymous. Fe gafodd Pelé bet i weld pa mor hir fydde fe'n para 'na... a cholli wnaeth e! Wrth gwrs, does dim un o'r tri yn dal yn briod. Mae'r tri, Escoffier, Pelé a hyd yn oed Tom wedi bod yn briod unwaith, ond llythyr Annwyl John gafodd y tri yn y diwedd.

—Ond pam?

—Wel, mae'r rhan fwyaf o ddynion sy'n treulio eu hamser mewn tafarndai yma oherwydd fod eu gwragedd wedi eu gadael. Ond wedyn, mae'r tri yma wedi colli eu gwragedd oherwydd eu bod yn treulio gormod o amser mewn tafarndai.

Ac o gwblhau'r bregeth â datganiad mor ysgubol aeth Pete ati i roi sylw i gwsmer newydd oedd wedi cerdded mewn.

—Ga' i air 'da ti? gofynnodd y cwsmer, oedd yn amlwg yn adnabod Pete yn dda. Roedd e'n gwisgo cot Umbro las. Dyn tal, rhyw ddeugain mlwydd oed, mor denau â pholyn gyda ffrwd o wallt gwyn. Yn wir, edrychai'n debycach i fop na dyn. Os yw'n wir bod cŵn yn edrych fel eu perchnogion, edrychai hwn fel ei brif gymar mewn bywyd – ei fop! Hwn oedd Stone, glanhäwr yr Angel.

—Alla i lanhau'r lle 'ma ar ôl i ti gau? Rhwng deuddeg ac un y bore o hyn ymlaen, Pete? Rwy wedi cael swydd glanhau arall, ond sa i moyn dy siomi di.

—Wrth gwrs! Wrth gwrs! Dere draw fan hyn i ni gael trefnu pethau. Af i i dorri allwedd i ti'r prynhawn 'ma, cytunodd Pete yn ei ffordd siriol arferol.

Edrychais ar y cloc. Chwarter wedi deuddeg. Roedd gen i gyfweliad yn y Swyddfa Waith.

Pennod 2

WRTH I MI SEFYLL yn y rhes i arwyddo 'mlaen yn y Swyddfa Waith ar y prynhawn dydd Gwener cyntaf hwnnw, meddyliais am y trawsnewidiad a fu yn fy mywyd ers dechrau'r wythnos. Wythnos ynghynt roeddwn yn gweithio mewn ffatri gaws yn y Trallwng, ond yn dilyn anghytundeb â'r rheolwr, daeth y swydd i ben, a daeth fy nghyfnod yn y ffatri i ben wedi i mi daro'r rheolwr ar ei ben gydag ugain pwys o gaws.

Roeddwn eisoes wedi penderfynu gadael y dref, ond perswadiwyd fi ymhellach gan ymweliad y rheolwr a phump o'i ffrindiau yn hwyr un noson. Wrth iddynt hwy ddod mewn drwy ddrws y ffrynt, gadewais innau drwy ddrws y cefn, ac anelu at yr orsaf drenau i brynu tocyn unffordd i Aberystwyth.

Wedi cyrraedd y dref ger y lli a cherdded ei strydoedd am rai oriau arweiniodd fy syched fi at y dafarn agosaf. Dim ond Pete, y prif farmon deunaw stôn, a Ger, barmon arall yr Angel, oedd yno ar y pryd. Roedd Ger yn yfed peint o lager, ac fel pob barmon da, pan nad oedd yn gweithio roedd i'w ganfod yr ochr arall i'r bar yn prysur ddychwelyd ei gyflog i'r til.

Wedi sgwrsio am ychydig esboniais fod angen lletey arnaf cyn gynted â phosib, ac yn ffodus dywedodd Pete bod ystafell wag yn y tŷ lle roedd ef a Ger yn byw.

—Pwy yw'r perchennog? gofynnais.

—Y boi sy'n berchen ar y lle 'ma, atebodd Ger.

—Elfed Oakes, ymhelaethodd Pete.

—Sut foi yw e, 'te? gofynnais.

—Mae'n berchen ar sawl tŷ yn y dre 'ma... ac mae'n Rachman o foi. Dyn barus, slei, diog, byr ei dymer, ac yn waeth byth... maen wncwl i fi, ochneidiodd Pete. Aeth ymlaen i esbonio'i gefndir: Ro'n i'n byw yn Aberteifi, dan draed fy rhieni, a doedden nhw ddim yn chwerthin ar fy jôcs ers peth amser. Perswadiodd Mam fi i fynd i weithio dan adain fy wncwl Elfed. Ges i swydd yn y dafarn yma tua blwyddyn yn ôl. Ro'n i'n meddwl fydden i'n cael fy hyfforddi. Wnes i ddim rhagweld 'mod i'n mynd i gael rheoli'r lle tra bod Elfed ar y Cwrs Golff. Ar y diwrnod cynta dangosodd e i fi sut roedd newid yr optics, glanhau'r blychau llwch, a newid casgenni. Wedyn fe ddiflannodd e i'r Links gyda'i *Three Iron* a'i *Driver*. Ry'n ni'n ei weld bob hyn a hyn pan mae'n dod i wneud y til a chasglu arian rhent. Ges i hefyd y cyfrifoldeb o gasglu'r rhent bob wythnos wrth y trueiniaid sy'n byw yn ei dai yn y dref.

—Faint o arian rhent sy'n rhaid i fi dalu 'mlaen llaw? holais.

—Faint sy 'da ti? oedd yr ateb gan Pete.

O fewn dwy funud roeddwn wedi talu pythefnos o rent ymlaen llaw, ac wedi derbyn allwedd i 'nghartref newydd.

O'r tri pheth sy'n rhaid eu gwneud yn syth pan yn symud i dref newydd roeddwn eisoes wedi llwyddo i wneud dau. Cael lle i fyw, a chael tafarn i yfed ynddi. Wedi pendroni am ychydig penderfynais adael y trydydd – sef cael swydd – a chymryd hoe. Ar hyd fy oes, roeddwn wedi symud o un swydd ddiflas i'r llall – o archfarchnad i seit adeiladu, ac ymlaen i gasglu sbwriel a phacio caws. Roedd angen sbel arnaf i mi fy hun cyn ailgychwyn ar fy ngyrfa ddisglair. Ar ben hynny, roedd gen i beth arian wrth gefn o'r ffatri gaws ar ôl bod yn gweithio oriau hir.

Arwyddo 'mlaen amdani felly.

Erbyn i mi orffen llenwi'r ffurflen yn y Swyddfa Waith, a cherdded draw i'r Swyddfa Budd-Dal Tai i lenwi un arall, roedd yn bedwar o'r gloch. Penderfynais ddychwelyd i'r Angel.

Pan gerddais yn ôl i mewn dim ond y Parchedig Ian oedd yn y bar ffrynt. Er gwaetha'i enw nid oedd Ian yn aelod o'r weinidogaeth, dysgu oedd ei broffesiwn. Roedd yn un o'r fyddin honno o bobl sy'n cael eu galw'n athrawon cyflenwi – sy'n dod i'r adwy unwaith yr wythnos i lenwi bwlch sy'n cael ei adael gan athrawon sâl. Swyddogaeth Ian oedd ymladd ar y llinell flaen pan fo athrawon eraill yn dioddef o *shellshock*, ac yn gorfod mynd ar eu gwyliau i gasglu pilipala gyda'r dynion yn y cotiau gwyn.

Daeth Pete drwodd o'r bar cefn, a gwnaeth arwydd 'bodiau i lawr' fel Ymerawdwr Rhufeinig yn y Coliseum arnaf. Nodiodd ei ben at y bar cefn. Wrth i mi gerdded mewn gallwn weld y tri gŵr doeth ac ambell un annoeth arall oedd wedi ymuno â nhw yn gwylio'r ras olaf ond un. Roedd wynebau mewn dwylo, llygaid pwl yn rholio, a slipiau betio'n cael eu rhwygo. 'Ildiwch i anobaith bawb sy'n mentro yma,' oedd geiriau Dante: gallai fod yn sôn am uffern, stadiwm y San Siro ym Milan, neu far cefn yr Angel ar y prynhawn hwnnw.

—Ro'n i'n gwybod na ddylen i fod wedi rhoi arian ar *Robespierre Truffles*, meddai Escoffier a'i ben yn isel, wrth i Tom yn ei ymyl ddyfal rwygo'i slipiau betio. Ochneidiodd hwnnw hefyd, gan ddweud,

—Wnes i fetio ar bedwar donci yn y ras 'na.

Roedd Pelé yn canolbwyntio ar ei gopi o'r *Sporting Life*. Cododd yn sydyn, ac fel Saul ar ei ffordd i Ddamascws, roedd Pelé wedi gweld y goleuni. Rwy'n amau os oedd Saul wedi cael saith peint o chwerw cyn ei weledigaeth, ond roedd Pelé yr un mor angerddol a llawn arddeliad ag ef.

—Y ffefryn yn y ras olaf. Y ffefryn. Roedd ei lygaid yn fflachio fel goleudy o gwmpas yr ystafell. Gyda hynny disgynnodd i'r llawr yn feddw dwll. Roedd Pelé, druan, wedi ei dal hi'n rhacs. Cododd ar ei draed unwaith eto, ac yn sigledig estynnodd am ei waled. Tynnodd ddeugain punt allan ohoni, a throdd at ei ddau ffrind, Escoffier a Tom.

—Eiff un o chi'ch dau draw i'r bwcis i roi'r arian yma ar y ffefryn? ymbiliodd Pelé.

   Ciliodd y ddau i gornel dywylla'r ystafell.

—Sai'n mynd mewn fan'na 'to, mae'r lle'n *jinxed*, achan, wfftiodd Escoffier.

—Fe af i draw i ti, cynigiais.

—Deugain punt ar y ffefryn, gorchmynnodd Pelé wrth drosglwyddo'r arian i mi.

   Wedi cyrraedd y bwcis gwelais fod y lle'n wag, ac yn lle gwastraffu amser edrychais ar y sgrin oedd yn rhestru'r ceffylau, a chymryd slip betio o'r blwch.

5.15	ASCOT	6f

OUT TO LUNCH	5–4
BUKOWSKI'S LAD	13–8
THE SHIELD OF KNOSSOS	4–1
SIPSI FACH	10–1
ARCH STANTON	10–1
MARCO PIRONI	12–1
MR BRIDGER	50–1

Ysgrifennais enw'r ffefryn *Out to Lunch* ar y slip betio a thalu'r arian i'r ferch tu ôl i'r cownter. Roedd hon yn ferch ddeniadol, ac roedd yn amlwg ei bod wedi sylweddoli fy mod yn meddwl y byddai'n braf cael gweld ei hanner isaf hefyd, oherwydd brathodd,

—*Forget it love, you're not my type.*

Digon teg. Dyna ddiwedd ar y mater. Sylweddolais fod modrwy ar ei bys beth bynnag. 'Ildiwch i anobaith bawb sy'n mentro yma'! Pawb a'i farn, hyd yn oed os nad ydynt yn llygaid eu lle. Ond roedd fy sylw nawr ar y ras oedd eisoes wedi dechrau. Yr enillydd yn y pen draw oedd *Bukowski's Lad*, o dair llathen, ac fe ddaeth *Out to Lunch* yn bumed.

Yn ôl yn yr Angel, cefais dipyn o sioc i weld bod pawb yn dathlu, gyda Pelé wedi ordro peint, a shortin bach, i ddilyn i'w gyfeillion. Roedd y gwŷr doeth yn llongyfarch Pelé, a hwnnw'n gwenu o glust i glust gan gyfarch y teledu gyda'i beint wrth i ddiwedd y ras gael ei hailddangos ar S4C. Trodd ataf yn gwenu o glust i glust.

—Wel! Dere â'r arian i fi gael talu am y rownd. Beth wyt ti moyn? Peint?

—Pa arian? atebais yn gloff.

Sadiodd Pelé am eiliad, ac yna dechreuodd siglo. Dywedodd yn dawel...

—Fe roiest ti'r arian ar y ffefryn, yn do fe?

Roeddwn wedi gwneud camgymeriad erchyll. Fel y gŵyr pawb, mae prisiau ceffylau yn newid yn ôl faint o arian sy'n cael ei roi arnyn nhw. Mae betwyr profiadol yn aml yn mynd mewn i'r bwcis, ac yn hytrach nag ysgrifennu enw'r ceffyl ar y slip betio, a gorfod dewis rhwng dau geffyl da, yn ysgrifennu'r gair 'Ffefryn', fel bod yr arian yn mynd ar ba bynnag geffyl sy'n ffefryn ar ddechrau'r ras. Y syniad yw bod yr *arian mawr* sy'n cael ei roi ar geffylau ar y cae rasio yn gwybod yn well, a bod y ceffyl gorau felly'n dod yn ffefryn cyn i'r ras ddechrau. *Out to Lunch* oedd y ffefryn pan gerddais i mewn i'r bwcis, ond erbyn i'r ras ddechrau roedd wedi newid ei bris i 2-1; roedd hyn yn gwneud *Bukowski's Lad* yn ffefryn ar 13-8. Roeddwn wedi dewis fy ffefryn yn rhy gynnar.

Edrychais ar wyneb Pelé i weld beth fyddai ei ymateb. Mewn stori gan Chekov neu de Maupassant, neu hyd yn oed Kate Roberts, fe fyddai Pelé wedi edrych arnaf, edrych o'i gwmpas, ac yna dechrau chwerthin a chwerthin yn afreolus. Byddai wedi mynd ymlaen i esbonio nad yr arian oedd yn bwysig ond y ffaith ei fod wedi ennill. Byddai wedi dangos pa mor faddeugar ac anfaterol yw dynol ryw, a bod buddugoliaeth fach yn y prynhawn i Pelé yn bwysicach na'r arian gafodd ei golli.

Anghywir. Bang! Chwipiodd dwrn chwith Pelé drwy'r awyr a rhoi clec galed ar fy ngên. Yna daeth ei ddwrn dde i orffen y gwaith. O edrych yn y drych yn nhoiledau'r dafarn ymhen rhai munudau gwelais 'mod i'n edrych fel Xing Xing y Panda gyda dau lygad mawr du.

Dychwelais i'r siop fetio bum munud yn ddiweddarach. Yn ffodus roeddwn wedi rhoi pedair punt fy hun ar *Bukowski's Lad*, ac wedi ennill deg punt a chweugain. Wrth i'r ferch drosglwyddo'r arian i mi gofynnodd a oeddwn yn brysur y noson honno, ac esboniodd mai ffordd i gadw cwsmeriaid nwydus a barus draw oedd y fodrwy ar ei bys. Chwarddais.

—*Forget it love. You're not my type*, dywedais, a phenderfynu dathlu drwy ymweld â rhai o dafarndai eraill y dref. Byddwn yn dychwelyd i'r Angel cyn diwedd y nos, ond o dan amgylchiadau tra gwahanol.

Pennod 3

DIWRNOD CRASBOETH ym mis Gorffennaf yn dirwyn i ben. Erbyn saith o'r gloch chwythai awel fwyn, gysurus drwy'r strydoedd gwag. Nawr ac yn y man gwelwn grŵp o fyfyrwyr wedi eu gwisgo mewn capiau mortar a chlogynnau du yn rhedeg gyda'r gwynt drwy'r strydoedd cul. Diwrnod graddio. Eu diwrnod olaf o ryddid cyn cael deugain mlynedd o gaethiwed mewn swyddi fyddai'n galluogi'r myfyrwyr i ymddwyn ar benwythnosau fel y buon nhw'n ymddwyn drwy'r amser yn y coleg.

Es i mewn i dafarn dlawd a gwahanglwyfus yr olwg yn un o strydoedd cefn y dref: un o'r tafarndai hynny ble mae lluniau o'r tîm dartiau enillodd Gynghrair Ceredigion yn 1957, 1958 ac 1962 ar y wal. Y math o dafarn sydd hefyd yn cynnwys lluniau o hen yfwyr oedd gynt yn selog yn y lle, ond sydd erbyn hyn wedi mynd i'r bragdy mawr yn y nen. Sylwais fod dros ddeg llun o gyn-yfwyr yn y dafarn hon, ac mai'r peth doethaf felly oedd gofyn am ddiod allan o botel! Archebais botel o Pils.

Cymerodd y barmon fy arian, ac fe gymerais innau'r botel heb i ni dorri gair. Roedd y lle'n hollol wag heblaw am un dihiryn oedd yn eistedd yn gefngrwm yn syllu mewn i'w beint. Roedd yn hollol lonydd, fel petai'n disgwyl i rywun dynnu llun ohono. Edrychai ar ei beint fel Aristotle yn edrych ar gerflun Homer yn y llun enwog gan Rembrandt. Yn anffodus nid oedd Rembrandt ar gael, felly debyg fod raid i mi wisgo'r smoc a'r beret.

Ger.

Cyngor cyffredin sy'n cael ei roi i unrhyw artist neu lenor yw 'dechrau wrth dy draed'. Ac o ddilyn y cyngor hwnnw'n llythrennol gwelwn fod Ger yn gwisgo pâr o drainers, gydag un hosan felen ac un werdd. Roedd y rhain yn arwain at bâr o jîns llac oedd yn cuddio'r coesau teneuaf i gael eu gweld yng Nghymru ers i John Toshack roi'r gorau i chwarae pêl-droed. Gwisgai grys-T awyr las, ac roedd ganddo drwyn pinociaidd yn gwthio trwy gudynnau o wallt brown cyrliog. Efallai fod natur wedi bod yn garedig wrtho; nid oedd yn gallu gweld oherwydd fod ei wallt yn gorchuddio'i wyneb, ac felly roedd wedi gorfod derbyn trwyn hir yn iawndal am hynny. Wrth ddod yn agosach ato clywais yn fy nghyfarch...

—Uggggmpphg.

Roedd y geiriau'n crynu wrth adael ei geg, ac roedd yn amlwg wedi fy arogli. Llyncodd hanner ei beint mewn un dracht, ac fe ddaeth y crynu i ben.

—Dyna welliant, dywedodd yn floesg, yn amlwg wedi'i dal hi. Aeth ymlaen i siarad, y tro hwn heb grynu.

—Rwy'n dathlu ennill fy ngradd heddiw.

—Llongyfarchiadau, mwmiais, wrth i Ger ddechrau crynu eto cyn cymryd dracht hir arall. Yn amlwg, dioddefai o'r DTs: y *delerium tremens*, neu'r Dylan Thomasiaid.

—Llongyfarchiadau, adleisiodd Ger. Cododd ei beint i gyfarch ei hun, cyn cymryd dracht rhyddfrydol arall i'w orffen.

—Tair blynedd lawr y tiwbs, ochneidiodd.

Sylweddolais ei fod angen mêt. Prynais beint arall iddo, a photel arall i mi fy hun. Pedair punt lawr y tiwbs. Cyn hir llaciodd ei dafod, a chefais wybod beth oedd yn ei flino.

—Fe ddes i i'r coleg i wneud gradd mewn hanes, ond ar

ôl blwyddyn fe roies i'r ffidil yn y to. Yn anffodus mae fy rhieni'n dal i feddwl 'mod i'n astudio yn y coleg, ac yn graddio'r ha' 'ma. Maen nhw wedi bod mas yn Taiwan ers tair blynedd yn cenhadu gyda'r Hen Gorff, a nawr maen nhw'n disgwyl i mi ymuno gyda nhw ar ôl 'cwblhau fy addysg. Sa i'n gweld fy hun yn gallu byw draw draw yn China a thiroedd Japan. Ond mae gen i broblem enfawr...

—Rwyt ti'n lwcus nad y'n nhw wedi dod draw ar gyfer y seremoni raddio, ceisiais godi'i galon.

—Fues i'n gyfrwys fan'na. Fe wnes i wobrwyo fy hun gyda gradd trydydd dosbarth. Os fydden i wedi dweud 'mod i wedi ennill gradd well, fe fydden nhw wedi dod draw. Ond maen nhw'n dal i fynnu cael gweld lluniau'r achlysur. Gostiodd e ffortiwn i rentu'r wisg.

Gyda hynny tynnodd nifer o luniau Polaroid o'i boced a'u dangos i mi. Aeth ymlaen.

—Co fi gyda'r darlithwyr hanes, dyniaethau a gwlei-dyddiaeth.

Roedd y tri yn edrych yn syndod o debyg i Pelé, Escoffier a Tom, ac wedi i mi ddweud hyn wrth Ger dywedodd yntau,

—Sdim rhyfedd, achos nhw y'n nhw. Fe aethon ni i fyny i'r coleg y peth cynta'r bore 'ma cyn i'r seremoni ddechrau. Gododd y diawlied grocbris arna i hefyd. Yn anffodus, maen nhw'n edrych yn rhy daclus i fod yn ddarlithwyr coleg!

—A beth wyt ti'n mynd i'w wneud nawr i gael dy hun mas o'r twll 'ma? Fydd dy rieni'n siŵr o dy orfodi i ymuno â nhw yn Taiwan, neu eisiau esgus da os nad wyt ti am fynd.

—A! Pan o'n i'n ysgrifennu fy llythyr misol atyn nhw, fe es i dros ben llestri braidd. Wedi yfed potel o Facardi, ti'n

gwybod, a 'nychymyg i'n rasio. Fe ddywedais i 'mod i wedi cael fy nerbyn ar gwrs Ymarfer Dysgu, a 'mod i am aros yma am flwyddyn eto. Ond 'na fe, fe sortia i rywbeth mas, meddai yn drwm ei galon, cyn cymryd llwnc mawr arall o'i wydr. Yna cododd ei ben â gwên fach. Ond dere 'mla'n, achan, mae noson bant 'da fi heno. Awn ni i rywle sydd â thamed bach mwy o fywyd. Wna i ddangos rhai o dafarndai a chlybiau'r dre 'ma i ti, gwahoddodd Ger.
—Ie, pam lai? Wedi'r cwbwl, rwyt ti yn graddio heddiw! cytunais.

Pennod 4

ROEDD Y DAFARN NESAF yn fwy bywiog, gyda jiwcbocs yn chwarae 'Whole lotta Rosie' AC/DC, a dim ond tri llun coffa o gyn-yfwyr ar y wal y tro hwn. Gofynnais am beint. O gornel fy llygad gwelwn bedwar dyn yn eistedd wrth fwrdd. Ar un ochr roedd dyn gyda barf yn siarad yn ddi-baid gyda dyn ifanc oedd yn gwisgo sbectol, a rhaniad yn ei wallt lawr canol ei ben. Ar yr ochr arall i'r bwrdd roedd dyn ifanc arall yn siarad yn uchel gyda dyn â mwstás. Doedd y dyn â'r mwstás ddim yn yngan gair, ond bob hyn a hyn byddai'n nodio i ddangos ei fod yn cytuno â'r siaradwr. Roedd y dyn â'r mwstás a'r dyn barfog yn edrych yn debyg iawn i'w gilydd, a sylwais fod y ddau yn gwisgo sgidiau gwyn. Sylwodd Ger ar fy niddordeb yn y grŵp yn y gornel.

—Wyt ti wedi cwrdd â Tony a Frank eto?

—Naddo, atebais.

—Tony yw'r un â barf, a Frank yw'r llall.

—Pwy yw'r ddau arall sy gyda nhw?

—Dim clem.

A chwarddodd Ger cyn dechrau ymosod yn ffyrnig ar ei beint. Gorffennodd y gân ar y jiwcbocs a chafwyd tawelwch drwy'r dafarn. Tawelwch, heblaw am y grŵp yn y gornel oedd yn dal i siarad yn frwd. Yn sydyn clywyd sŵn dau larwm wats yn canu'n uchel o gyfeiriad y bwrdd: rhoddodd Tony a Frank eu sigaréts yn eu pocedi ac estynnodd Tony ddarn o bapur i'r dyn ifanc â sbectol. Tynnodd hwnnw bapur degpunt o'i boced, a'i gyflwyno i

Tony. Tybed pam oedd e'n talu iddo? Cododd Tony a Frank ar eu traed a cherdded tuag atom. Cododd y ddau oedd wedi bod yn eistedd gyda nhw wrth y bwrdd hefyd a gadael y dafarn heb ddweud gair pellach.

—Sut mae'r busnes yn mynd, Tony? cyfarchodd Ger.

—Araf. Nawr bod y stiwdents wedi mynd tua thre fe fydd hi'n dynn iawn arnon ni dros yr haf.

Sylwodd Ger nad oeddwn yn deall, ac aeth ati i esbonio.

—Gad i fi gyflwyno Tony a Frank Wright i ti. Maen nhw'n rhedeg busnes yn y dre 'ma...

Estynnodd Tony gerdyn o'i boced a'i roi i mi.

PYB FFRENDS
EISIAU CWMNI AM Y NOS?
EISIAU TRAFOD DIGWYDDIADAU'R DYDD?
SIARAD NEU WRANDO – BYDD PYB FFRENDS YN EICH
CYSURO
CYSYLLTWCH Â TONY A FRANK WRIGHT 696696
CASH YN UNIG

—Ond, beth yn y—

—Gad i mi esbonio, meddai Tony gan gosi ei farf.

—Wyt ti wedi sylwi faint o bobl sy'n eistedd yn unig mewn cornel yn nhafarndai'r dre y dyddie 'ma?

—Ydw, nodais.

—Wel fan'na ry'n ni'n dod i'r adwy, meddai Frank, gan ymuno yn y sgwrs am y tro cyntaf. Am dâl rhesymol ry'n ni'n fodlon mynd â phobl allan am noson a'u diddanu. Mae Tony yn darllen *Time*, *Readers Digest* a *Loaded*, ac yn gallu trafod pob pwnc dan yr haul.

—Ac os y'ch chi ishe rhywun i wrando arnoch chi'n siarad

am eich probleme, Frank yw'r dyn i chi. Dyna ni, syml, broliodd Tony.

—Pyb ffrends, aeth Frank ati i esbonio ymhellach. Y cwsmer sy'n dewis faint o'n hamser ni sy'n cael ei ddefnyddio, ond ry'n ni'n mynnu cael toriad o gwarter awr bob dwy awr.

—Ydy'r busnes yn llwyddiant? gofynnais yn llawn chwilfrydedd.

—*So so*. Wrth gwrs, mae'n rhaid i ni roi gostyngiade i fyfyrwyr, y di-waith a'r hen bobl, ac yn anffodus y rheiny yw ein cwsmeriaid gore ni. Felly mae'r elw'n llai nag y gallai fod, oedd ateb Tony.

—Ac mae'n mynd yn llai fyth pan fydd yr holl fyfyrwyr unig yn mynd adref dros yr haf, on'd yw e, Tony?

—Ydyn, Frank, ac yn waeth na hynny, mae'r Samariaid wedi clywed amdanon ni, ac wedi dechrau cwyno ein bod ni'n dwyn eu busnes.

—Maen nhw newydd ddechrau ymgyrch bosteri o gwmpas y dref i geisio denu eu cwsmeriaid yn ôl, torrodd ei frawd ar ei draws.

—Shwt allwn ni gystadlu â nhw beth bynnag? Maen nhw'n cynnig gwasanaeth am ddim, a chwpaned o de a Garibaldi yn y fargen. Dyw'r peth ddim yn deg, cwynodd Frank.

Gwenodd Ger.

—Mae Tony a Frank yn *entrepreneurs*, esboniodd, er nad oedd yr un o'r ddau yn ymdebygu i Branson, Murdoch, na Maxwell.

Gan nad wyf wedi disgrifio'r ddau frawd yn fanwl, mae'n well gwneud hynny nawr. Y ffordd orau o ddisgrifio Frank fyddai ei gymharu â phêl-droediwr o'r drydedd adran oedd yn chwarae yn ystod yr 1980au. Mae ganddo wallt hir hyd at ei ysgwyddau, a mwstás oedd yn fy atgoffa o'r dyn drwg yn yr hen ffilmiau du a gwyn. Roedd yn gymeriad amlochrog, fel mae'r *player profile* canlynol ohono'n dangos.

ENW:	FRANCIS WRIGHT
MAN GENI:	YSBYTY BRONGLAIS, ABERYSTWYTH
DYDDIAD GENI:	5ed o Fai, 1972
TALDRA:	5' 11"
PWYSAU:	12 stôn a 3 phwys
PRIOD:	NA! NA! NA!
GWRTHWYNEBYDD ANODDAF:	DHSS Utd
ATGASEDD:	Pobl sy'n bwyta wrth iddi smygu!
HOFF FWYD:	FFAGS!
HOFF BETHAU:	CASH!
PWY HOFFAI GWRDD:	CASH (JOHNNY)

Yn wahanol i'w frawd oedd yn gwisgo cords du a thopiau pêl-droed Cymru neu Man Utd, tueddai Tony i wisgo siwt pan âi allan am y nos. Er ei fod yn llai o ran taldra na'i frawd, ef oedd y ceffyl blaen yn y bartneriaeth; ef oedd yn gwneud y penderfyniadau. Serch hynny, roedd ei ddiddordebau yn debyg iawn i rai ei frawd.

Ar ôl llwyddo i ddenu sylw'r barmon aeth Tony ati i ordro dau whisgi mawr heb ddŵr.

—Chi'ch dau'n dathlu? gofynnodd Ger.

—Ydyn, glei. Mae Tony wedi cael syniad! Dwed wrthyn nhw, Tony, anogodd Frank.

Edrychodd Tony o gwmpas i wneud yn siŵr bod neb o fewn clyw, a sibrydodd.

—Stampiau.

—Stampiau? Roedd anghreduniaeth a chwilfrydedd ar

wyneb Ger.

—Stampiau? gofynnais innau yr un mor llawn o chwilfrydedd.

—Stampiau! cadarnhaodd Tony.

—Stampiau! cadarnhaodd Frank ymhellach.

—Ry'n ni wedi penderfynu trwsio'r fan a'i defnyddio i deithio o gwmpas Ceredigion yn gwerthu stampiau, esboniodd Tony.

Cymerais gipolwg sydyn ar Ger, ond roedd e'n gwrando ar Tony'n astud.

—Meddyliwch, aeth Tony yn ei flaen. Mae pawb yn rhedeg mas o stampiau. Y'ch chi wedi sylweddoli faint o bobl sydd wedi mewnfudo i Geredigion dros yr ugain mlynedd diwethaf? Dy'n nhw ddim yn nabod neb ffor' hyn, a'u hunig gyswllt â bywyd real yw anfon llythyron at eu plant a'u perthnasau dros weddill Prydain.

—Dros weddill y byd, cywirodd Frank.

—Dros y byd i gyd. Ti'n iawn, Frank, cytunodd Tony.

—Y'ch chi'ch dau wedi clywed sôn am Alexander Graham Bell? crechwenodd Ger.

—Na. Roberts, James a Richards yw'n cyfreithwyr ni, atebodd Frank.

—Y ffôn, esboniodd Ger.

—Esbonia, Tony, a rhoddodd Frank y llwyfan i'w frawd yn ôl ei arfer.

—Ffaith rhif un: mae 67.3 y cant o hen bobl yn ofni defnyddio'r ffôn, esboniodd hwnnw.

—A dyw 32.6 y cant ddim yn gallu fforddio ei ddefnyddio yn aml. Ymchwil ar y farchnad. Rhifyn Ebrill o'r *Readers Digest*, ychwanegodd Frank, yn amlwg yn methu ag aros yn ddistaw.

—Does dim rhaid i ti ddatgelu ein ffynonellau, cecrodd

Tony wrth ei frawd, braidd yn ddig.

Roedd yn rhaid i mi gael gwybod mwy am eu cynllun.

—Gadewch i mi ddeall hyn yn iawn. Eich bwriad yw mynd ar dramp ar draws gwlad yn gwerthu stampiau i bobl sy'n rhy hen, yn rhy dlawd, neu'n rhy ddiog i fynd i'r Swyddfa Bost agosaf i'w prynu?

—Yn hollol. Ffaith rhif dau. Mae Post Office Counters Cyf. yn cau Swyddfeydd Post gwledig drwy'r amser, iawn, Tony?

—Ti'n iawn, Frank.

—Felly, Tony...

—Felly, Frank, mae 'na dwll maint yr haen oson yn y farchnad...

—Ond sut y'ch chi'n mynd i wneud elw? Wneith y Swyddfa Bost ddim gwerthu stampiau i chi yn rhad, er mwyn i chi gael dwyn eu cwsmeriaid wrth eu gwerthu ymlaen am elw, dadleuodd Ger.

—Esbonia, Tony, dywedodd Frank.

—Dyma'r cynllun. Fi sy'n trafod y busnes ar yr ochr stampiau dosbarth cyntaf...

—A finnau sy'n trafod yr ochr ail-ddosbarth, ychwanegodd Frank.

—Ac mae Frank wedi bod yn prynu, prynu, prynu stampiau ers dechrau'r flwyddyn.

Pwysodd y ddau frawd yn ôl ar y bar a chymryd drachtiau o'u gwydrau whisgi. Saib.

—Mae 'na rediad ar y stamp, bois, a ni sydd wedi'i achosi fe, datganodd Tony yn falch.

—Dwy fil o stampiau'n barod, meddai Frank.

—Ac mae Frank yn aros i'r pris godi cyn i ni ddechrau eu gwerthu nhw, ebe Tony gan bwyntio at ei ben. Felly, os wnawn ni werthu 6,000,000 o stampiau fe wnawn ni elw o ugain mil o bunnoedd pan godith pris stampiau eto!

Edrychais ar Ger a gwelais ei fod yn syllu ar y ddau yn anghrediniol. Er nad oeddwn am daflu dŵr oer ar eu cynllun, roedd yn anodd gweld sut fyddai modd i'r ddau werthu chwe miliwn o stampiau yng nghefn gwlad Cymru o gefn fan. Gorffennodd y ddau frawd eu diodydd.

—Cofiwch. Dweud dim, nabod neb! meddai Tony wrth ddechrau symud o'i sêt.

—*Loose lips sink ships*! ychwanegodd Frank, gan godi'i fys at ei wefusau, a wincio'n gellweirus ar ei frawd.

—Cer i brynu ffags, Frank, ac fe awn ni am wac fach rownd y dre, dywedodd Tony, gan wincio yn ôl ar ei frawd, a gwenu ar yr un pryd.

Cododd Frank ac yn rhyfedd iawn aeth allan drwy ddrws y dafarn, cyn dychwelyd mewn ychydig funudau yn cario bag plastig. Aeth tuag at y toiledau ble roedd y blwch sigaréts ar y wal. Funudau'n ddiweddarach daeth yn ôl i'r golwg a'r bag Kwik Save yn amlwg yn llawn, a diflannodd y ddau ar frys trwy ddrws y dafarn.

Edrychais yn hurt ar Ger, a chodi fy aeliau. Cododd hwnnw'i ysgwydd a dechrau esbonio.

—Breuddwydwyr yw Tony a Frank. Mae un cynllun mawreddog yn dilyn y llall; pob un yn methu, ond mae'r un brwdfrydedd a ffydd gan y ddau yn eu cynlluniau bob tro. Meddylia amdanyn nhw fel Don Quixote wedi cael Don Quixote yn was iddo yn lle Sancho Panza.

Tynnodd feiro o'i boced ac ysgrifennu rhywbeth ar un o'r matiau cwrw:

SYNIADAU MAWR   x   HUNANHYDER   –   SYNNWYR CYFFREDIN   =   0

—Dim. Zero. Zilch. Dwdli scwat, ysgydwodd ei ben yn anobeithiol, cyn mynd ymlaen i adrodd mwy o hanes y ddau ŵr mentrus yma.

Gweithio ar stadau adeiladu yr oeddynt ar ddechrau'r nawdegau pan oedd mewnfudiad y sefydlwyr gwyn yn ei anterth, gyda Tony'n drydanwr a Frank yn blastrwr. Wedi casglu digon o arian fe brynon nhw fan a theithio o gwmpas Ceredigion yn rhentu fideos a gwerthu creision a phopcorn i'r mewnfudwyr oedd yn dal i lynu at eu harferion dinesig o gadw'u hunain at eu hunain. Yn anffodus roedd rhai fideos anweddus yn rhan o'u casgliad, ac fe fuon nhw'n ddigon anffodus i rentu *Golden Showers* i ddyn o Birmingham oedd yn gyn-aelod o'r *vice squad*. Felly daeth y fenter fach i ben, a dirwy drom yn wynebu'r ddau frawd.

Wedi talu'r ddirwy cafodd y fan ei haddasu i fod yn fan gwerthu Kebabs a Burgers a bu'r ddau'n gwneud elw drwy ei pharcio y tu allan i glybiau nos prysura'r dref ar nos Iau, nos Wener a nos Sadwrn. Ond un noson dywyll fel y fagddu, gyda'r tywydd yn syth allan o dudalen gyntaf nofel gan T. Llew Jones, chwythwyd y fan drosodd gan wynt anferthol, a daeth ei chynhwysion yn frecwast bore cynnar i'r cŵn a'r cathod, ac ambell i fyfyriwr! Roedd un brawd yn beio'r llall – Frank yn beio Tony am barcio'r fan wrth ymyl y môr, a Tony'n beio Frank am fethu yswirio'r fan. Aeth y ddau ymlaen i fod yn 'ymgynghorwyr cyllid', sef gwneud ambell i hobl tra'u bod yn dal ar y dôl, ac wedi nifer o fentrau pellach erbyn hyn roedden nhw'n berchen ac yn gyd-gyfarwyddwyr ar gwmni pyb ffrends, ac, fel y gwyddom, yn gobeithio ehangu i'r farchnad stampiau.

Erbyn i Ger orffen y stori roedd yn naw o'r gloch ac

yn amser symud ymlaen. Cyn gadael fe es i at y peiriant sigaréts i brynu ffags a chanfod bod pob blwch yn wag – Benson and Hedges, Silk Cut, Embassy, Lambert and Butler, a hyd yn oed Royals: dim. Wrth droed y peiriant sigaréts roedd pwll mawr o ddŵr. Roedd yn hen bryd i mi dorri lawr ar y cansenni cancr beth bynnag.

Pennod 5

NOSON DEBYG i gannoedd o rai eraill. Er 'mod i'n swil yng nghwmni myfyrwyr roedd Ger a minnau wedi penderfynu eu dilyn o dafarn i dafarn yn y gobaith y byddai myfyrwraig feddw'n ddigon chwil i dderbyn un ohonom am noson. Ac wrth i'r alcohol lifo, dilyn y llif wnaethon ninnau, ac fe'n harweiniwyd i dafarn arall. Prif rinwedd y dafarn hon oedd bod ynddi ystafell ddigon mawr i fedru cynnal noson o adloniant.

Wedi talu wrth y drws cawsom le wrth y bar i wrando ar y disgo Cymraeg yn bloeddio caneuon Catatonia, Gorky Zygotig Mynci ac SFA. Daeth y gerddoriaeth i ben yn sydyn ac aeth y DJ at y meicroffôn. Wedi peswch ddwywaith neu dair cyflwynodd yr Act oedd i'n diddanu. Owain Arian. Cefais sioc aruthrol pan welais Pete, barmon tew yr Angel, yn dod i'r llwyfan yn gwisgo siaced goch a du anferth, a mwy o sioc pan welais y Parchedig Ian yn ei ddilyn yn cario allweddell dan ei gesail. Edrychais ymlaen i'w clywed, gan fy mod, wedi'r cyfan, yn eu hadnabod. Ond o, roedd yr act yn drychinebus.

Digon yw dweud bod Pete wedi derbyn fy nghyngor i wneud y deunydd yn fwy perthnasol i gynulleidfa Gymraeg, ac wedi cyflwyno jôcs am y Fam Teresa, Sinead O'Connor a Gwynfor Evans yn cerdded mewn i dafarn! I ychwanegu at yr embaras i'r ddau, ac i'r gynulleidfa, ar ôl gorffen pob jôc byddai Pete yn dweud Ha! Ha!, a dyma fyddai'r arwydd i'r Parchedig Ian wasgu botwm ar yr allweddell: botwm oedd yn creu sŵn drym rôl a chrash o'r simbals.

Tawelwch ar ddiwedd pob jôc. Pete yn siarad yn gyflymach wrth iddo fynd yn fwy nerfus. Yn gyflymach ac yn gyflymach. A'r gynulleidfa'n closio'n fygythiol at y llwyfan. Pete a'r Parchedig yn dechrau chwysu. Y gynulleidfa'n closio. Pete a'r Parchedig yn chwysu, yn edrych yn gwbl ddiymadferth. Erbyn hyn gallwn glywed y geiriau 'Owain Arian a'i fêt' yn cael eu hynganu yn yr un frawddeg â'r geiriau 'rhaff' a 'choeden'. Penderfynodd Pete mai digon oedd digon.

—Diolch am fod yn gynulleidfa mor hael. Fy enw i yw Owain Arian. Nos da!

Gwelais Pete yn ei heglu hi tuag at ddrws wrth ochr y llwyfan, gyda'r Parchedig lathen o'i flaen yn brasgamu dros amps a weiriau trydanol, ac yn cario'r allweddellau dan ei gesail. Roedden nhw bron â chyrraedd y drws pan neidiodd myfyriwr oedd yn edrych ac yn taclo fel blaenasgellwr rhyngwladol at goesau Pete a'i dynnu i'r llawr. Trwy lwc i Pete roedd yn gwisgo trowsus anferth oedd yn rhy fawr hyd yn oed iddo ef, a llwyddodd i adael y trowsus yn nwylo'r blaenasgellwr a diflannu drwy'r drws yn ei bans glas, gyda dros ugain o fyfyrwyr yn ei ddilyn.

Fel rheol rwy'n osgoi gwrthdaro. Iach yw croen pob cachgi. Serch hynny, teimlwn yn rhannol gyfrifol am y picil yr oedd Pete ynddo, oherwydd wedi'r cyfan, fi oedd wedi dweud wrtho am addasu ei ddeunydd i fod yn fwy perthnasol i gynulleidfa Gymraeg, a'r jôcs am Gwynfor Evans yn arbennig oedd wedi digio'r dorf o fyfyrwyr meddw, gwladgarol. Sibrydais yng nghlust Ger, a brasgamodd y ddau ohonom tuag at ddrws y llwyfan oedd yn arwain i'r toiledau.

Wedi cyrraedd y toiledau gwelais fod Pete a'r Parchedig wedi cloi eu hunain yn un o'r unedau, a bod y dorf yn ceisio torri'r drws lawr. Roedd un myfyriwr anffodus wedi ceisio dringo dros ddrws y tolied, a'r Parchedig wedi ei gyfarch gydag allweddell dros ei ben. Pesychais yn y gobaith y byddai fy ngwallt byr Natsïaidd, y got hir ddu, a'r esgidiau Doctor Martens yn ddigon i berswadio'r myfyrwyr fy mod yn aelod o Heddlu Dyfed-Powys. Gwaeddais mewn llais awdurdodol a chadarn...

—Ol reit! Ol reit! Gadewch i fi ddod trwodd. Beth yw'r broblem?

—Welsoch chi fe? Glywsoch chi fe? Jôcs am Gwynfor Evans! bloeddiodd un.

—Ma' ishe sbaddu'r diawl! Mae'n wrth-Gymraeg, gwaeddodd un arall.

—Dyw hynna'n ddim i mi, atebais gan ddangos cerdyn yn gyflym i un o'r myfyrwyr – fy ngherdyn aelodaeth i glwb El Paradiso ym Machynlleth.

—O... y glas y'ch chi, ochneidiodd un myfyriwr siomedig oedd erbyn hyn yn glafoeri, ac eisiau gwaed.

—Ry'n ni wedi bod ar ôl y rhacsyn hwn ers tro byd. Yn un peth mae wedi bod yn dwyn cadeiriau olwyn oddi wrth hen bobl a'u gwerthu nhw'n ôl iddyn nhw, heb sôn am y cant a mil o sgams eraill mae'n rhan ohonyn nhw. Dewch mas, Peter de Sanchez. Mae'r cyfan drosodd, gorchmynnais.

Clywyd clic bychan, a daeth Pete a'r Parchedig allan.

—*It's a fair cop, guvnor*, mwmiodd Pete heb godi'i ben.

—*And we would have got away with it too if it wasn't for you meddling kids*, sgyrnygodd y Parchedig.

Doeddwn i ddim yn siŵr p'un ai i chwerthin neu beidio, ond llwyddais i ymatal rhag gwneud. Roedd y baeddgwn o'r coleg wedi dechrau colli diddordeb erbyn hyn, a llwyddwyd i adael y dafarn yn urddasol, gyda fi yn cerdded law yn llaw â Pete, ac un o'r myfyrwyr yn arwain y Parchedig allan. Roedd Ger wedi archebu tacsi, ac erbyn i ni gyrraedd y drws roedd drysau'r tacsi led y pen ar agor i'n croesawu.

—Ond ble mae'r car heddlu? gofynnodd un o'r myfyrwyr oedd yn amlwg wedi gwneud gradd yn y gyfraith.

—Toriadau'r llywodraeth. R'yn ni wedi gorfod dod i gytundeb â chwmni tacsi Eddie, atebais, gan wthio Pete i'r sedd ôl. Clep i'r drws cefn ac roeddem yn gadael mewn tacsi i'r tywyllwch.

Wedi cael munud neu ddau i gael ei wynt ato, dadebrodd Pete.

—*Nice one, lads*! Er, dyna'r tro ola fydda i'n derbyn cyngor 'da ti am gynnwys y set. Rhyngddo ti a'r Ger 'ma... *Shit*! Be ti'n neud fan hyn, Ger? Ti fod yn gweithio!

—Na'dw ddim. Ddwedes i wrthot ti ddoe—

—Naddo ddim—

—Do, glei... sdim ots am hynny nawr. Os nad wyt ti'n gweithio, ac os nad rwy i'n gweithio... pwy sy tu ôl i'r bar? gofynnodd Ger.

Gyda'i lygaid yn rowlio a sioc hyd ei wyneb llwyddodd Pete i gael ei eiriau allan.

—Wnes i... wnes i... ofyn i Pelé edrych ar ôl y bar nes fyddet ti'n cyrraedd. *Shit*! Eddie! Angel! Glou!

Wrth i ni gyrraedd drws yr Angel gwelsom Tony a Frank yn gadael gyda bag Kwik Save llawn.

—Afflwmmmmgggrrr! Sŵn yn hytrach na geiriau ddaeth allan o enau Tony.

—ssssreiitppal, meddai Frank yntau yr un mor aneglur, ac ymlwybrodd y ddau ddyn i lawr y stryd yn sigledig.

Roedd yr Angel yn orlawn, a'r miwsig yn bloeddio o'r jiwcbocs. Roedd rhai cwsmeriaid yn dawnsio ar y ford pŵl, ac eraill yn gwasgu at y bar yn eu degau i gael eu serfio. Y tu ôl i'r bar roedd Tom yn gwneud ei syms. Roedd y dyn oedd byth yn gallu penderfynu pa geffyl i'w ddilyn yn awr mewn penbleth ynglŷn â pha bris i godi am ddiodydd.

—Yyymm! Dau Pils, tri pheint, a deuddeg Jack Daniels a Coke... nawr 'te... faint yw hwnna? ym, o blydi hel... wedwn ni ffeifer am cash! Nesa!

Gwthiodd Pete drwy'r dorf at y til, ac o'i agor gwelodd mai dim ond hanner can punt oedd ynddo. Dros gant o bobl, os nad mwy, yn feddw dwll a dim ond hanner can punt! Edrychodd i lawr a gweld Pelé'n anymwybodol ar y llawr. Yn amlwg nid oedd colli deugain punt ar geffyl y prynhawn hwnnw wedi ei atal rhag mwynhau'r noson. Dyna esbonio pam fod Tom y tu ôl i'r bar. Rhuthrodd Pete at y jiwcbocs a thynnu'r plwg. Pesychodd a phwyntio at y drws. Dim ymateb. Gwaeddodd...

—Reit 'te! Pawb mas!

Ni chymerodd neb fawr o sylw ohono.

—Pawb mas! gwaeddodd eto, gyda chymaint o awdurdod ag oedd yn bosib wrth ddyn oedd yn sefyll yno yn ei bans glas!

Pennod 6

—*Hands off cocks, hands on socks!*

Agorais un llygad.

—Dere 'mla'n, mae'n hanner dydd, shifftia hi 'nei di.

Agorais y llygad arall. Boing! Hangofyr. Am eiliad neu ddwy gwelwn dri deg o gyrff yn troi'n araf o flaen fy llygaid, yna yn ara deg, toddodd y rhain yn un. Yno safai Ger: roedd wedi cynnau sigarét ac yn ei hestyn i mi.

—Yyyy, oedd fy unig ymateb wrth iddo estyn myg poeth o de i mi gyda'i law arall. Gwyddwn ei fod yn chwilio am ffafr, ac fe gadarnhawyd hyn pan ofynnodd i mi a oeddwn yn gwybod ble roedd Ffostrasol. Ni ddeallais ei esboniad o'r hyn yr oedd eisiau yn iawn, ond roedd Tony a Frank i fod i gludo rhywbeth i rywle y prynhawn hwnnw, a chan bod y ddau wedi meddwi'n dwll ar ôl cael diodydd am ddim gan Tom yn yr Angel y noson flaenorol, roedden nhw am i Ger eu gyrru yno tra oedden nhw'n dal yn cysgu yn y cefn. A chan nad oedd Ger yn gwybod y ffordd, roeddwn i i fod i'w llywio.

—Maen nhw tu fas yn y car yn rhochian. Wyt ti am ddod, neu be?

Roedd Ger yn amlwg yn ysu i ddianc o'r dre i roi cyfle i Pete anghofio trychineb y noson cynt. Ymhen pum munud roeddwn yn eistedd yn sedd flaen Ford Cortina Mark 3 Tony a Frank, gyda Ger wrth yr olwyn, a'r ddau ŵr busnes yn gorweddian yn y cefn. Felly y dechreuwyd ar wibdaith i galon y cyfandir tywyll – a elwir Ceredigion.

Pe bawn i'n llenor byddwn yn disgrifio Tony a Frank

yn chwerthin yn hapus, braf, wrth adrodd straeon am eu hanturiaethau y noson cynt. Byddai Ger yn gwisgo sbectol dywyll a'i wallt yn chwythu'n orfoleddus yn y gwynt wrth iddo yrru'r car gydag un llaw ar yr olwyn, wrth boeri dywediadau Americanaidd fel *Wnawn ni hongian i'r chwith fan hyn, mooks* ar yr un pryd. Ac fe fyddwn innau'n diolch i'r Iôr am y fraint o gael bod yn ifanc ar y fath brynhawn o haf. Eiliad yn ddiweddarach byddai lori artic yn ein taro, ac fe fyddai beirdd ifanc yn canu ein clodydd mewn englynion yn y talwrn am flynyddoedd wedi hynny.

Wrth gwrs, nid felly yr oedd hi. Distawrwydd llethol yn y car. Ger yn gyrru fel hen ddyn ar brynhawn dydd Sul, a minnau'n ofni marw. Yr unig dueddd Americanaidd oedd gan Ger oedd gyrru ar ochr dde yr hewl wrth fynd rownd corneli. I ychwanegu at y panig, roedd y ffenestri'n gwrthod agor, a'r car fel ffwrn erbyn cyrraedd Aberaeron. Pan gyrhaeddon ni Synod Inn disgynnodd yr egsôst i ffwrdd, ac wedi hyn roedd y car yn swnio fel tanc o Irac. Arafu'n raddol wnaeth y cerbyd wedi hyn, ac erbyn i ni gyrraedd Ffostrasol roedd yn teithio ar gyflymdra o wyth milltir yr awr, gyda hen bobl mewn Vauxhall Vivas yn ein goddiweddyd ac yn codi eu hetiau i'n cyfarch. O! am gael bod yn ifanc ar brynhawn braf o haf, ac yn teimlo fel darn (anhygoel o fawr) o gachu!

*　　*　　*

Roedd hi'n ddau o'r gloch y prynhawn erbyn inni gyrraedd Ffostrasol. Pentref bach delfrydol oedd hwn: un dafarn, un siop, un swyddfa arwerthwr, ac un ceffyl. Ond am un penwythnos y flwyddyn mae cannoedd ar gannoedd o bobl yn ymgynnull yno i wrando ar grwpiau gwerin dan babell anferth ar ffiniau'r pentref. Yr enw ar yr achlysur gogoneddus hwn yw Gŵyl Werin y Cnapan, a dyma fi yno am y tro cyntaf yn fy mywyd.

Heb os nac oni bai y garfan fwyaf sy'n mynychu'r ŵyl yw ieuenctid Sir Geredigion – yr YFCs, y P45s, y PGCEs a'r TGAUs – i gyd yn ymgasglu i yfed a chnychu'i gilydd yn anymwybodol am benwythnos. Wrth reswm, mae rhai pobl yn mynd yno i wrando ar gerddoriaeth werin, ond canran fechan yw'r rhain. Mae mwy yn mynd yno gyda'u carafannau a'u pebyll i sicrhau fod popeth yn gweithio'n iawn cyn yr Eisteddfod Genedlaethol dair wythnos yn ddiweddarach. Teiars – *check*. Toiled cemegol – *check*. Sudd grawnffrwyth – *check*!

Wrth gwrs, nid yw'r dafarn leol yn medru darparu ar gyfer y lliaws sychedig, ac felly mae bar yn cael ei ddarparu y tu fewn i'r Babell Fawr. Ac i'r fan honno yr oedd Ger, Tony, Frank a minnau am fynd wedi i ni barcio'r car. Roedd un o gyn-gydweithwyr Tony a Frank ar Bwyllgor y Cnapan, ac roedd hyn wedi sicrhau mai nhw gafodd y cytundeb i ddarparu sigaréts i'r bar ym mhabell yr ŵyl. Pan agorodd Tony fwt y car gwelais ei fod yn cynnwys o leiaf pum cant o becynnau sigaréts.

—O na, meddai Ger.

—Blydi hel, ebychais innau.

—Peidiwch becso, bois, mae popeth yn iawn, popeth *above board*, meddai Tony.

—Digon gwir, Tony, dalon ni am y cwbwl lot, ychwanegodd Frank wrth wincio ar ei frawd.

Aeth y ddau ati i ddadlwytho'r car, ac ar ôl cludo'r bocsys i gyd i'r tu ôl i'r bar, talwyd Tony a Frank am eu gwasanaeth, ac fe ddychwelon nhw i'r car.

—Faint? gofynnodd Ger.

—Punt a hanner can ceiniog y paced, atebodd Frank gan chwyddo'i frest.

Tynnodd Tony ei gyfrifiannell o'i boced. Eiliad o dawelwch a phawb yn gweddïo ar allor cyfalafiaeth.

—Saith gant a hanner, datganodd Tony yn y man.

Tynnodd Frank waled o'i boced ôl a rhoi pedwar Charles Dickens i Ger, a thri i minnau.

—Bant â ni, 'te, dywedais gan feddwl troi tua thre.

Edrychodd Tony a Frank ar ei gilydd.

—Ry'n ni wedi cael tocyn yr un am ddim i'r pedwar ohonon ni, meddai Tony, cyn i Frank ychwanegu,

—Mae'n rhaid ffindio rhywun i drwsio'r egsôst, ta beth.

Edrychais ar Ger. Un gwan fues i erioed, yn enwedig pan fo cwrw a menywod yn rhan o'r cynllun. Wedi dangos ein tocynnau wrth ddrws y babell fe aethon ni i mewn a phrynu diod yr un, a chwilio am le tawel i eistedd. Wedi siarad am dipyn am y noson cynt diflannodd Tony a Frank i chwilio am rywun i drwsio'r car. Sylwodd Ger bod rhai o'i gyn-gyd-fyfyrwyr yn symud tuag atom, ac wrth reswm symudodd Ger cyn iddynt ei gyrraedd. Roeddwn ar fy mhen fy hun, mewn gŵyl werin fawr yng nghanol pentref bach yng nghrombil Ceredigion. Penderfynais fentro tua thafarn y pentref am dro.

Roedd y dafarn yn orlawn. Roedd cerdded mewn iddi fel cerdded mewn i dwnnel gwynt. Gwelwn yr wynebau'n cael eu tynnu i bob cyfeiriad, gwallt rhai o'r cwsmeriaid yn sefyll yn syth i fyny, a chyrff yn siglo yn ôl ac ymlaen. Cerddais drwy'r corwynt a gwasgu fy ffordd tua'r bar. Wedi ordro peint teimlais slap ar fy nghefn, ac wedi troi gwelais y Parchedig yn gwenu'n siriol arnaf.

—Ga' i hwn. Diolch am achub fy nghroen i neithiwr.

Ni wrthodais, ac fe gerddodd y ddau ohonom allan o'r

dafarn i ymuno â'r cannoedd o bobl oedd yn chwysyfed yn haul y prynhawn.

—Wnest ti job go lew o achub dy hun neithiwr, 'r hen Barch. Ble mae'r Casio?

Diflannodd y wên o'i wyneb.

—Mae wedi torri. Roedd yn rhaid i mi ei defnyddio i amddiffyn fy hun neithiwr. Fe es i â hi lawr i Curry's y peth cynta bore 'ma. Edrychodd ar ei wats, cyn ychwanegu, Fe fydd y llawdriniaeth drosodd erbyn hyn. Do'n i ddim yn gallu aros yn Aberystwyth yn hel meddylie a becso amdani'n gorfod dioddef poen. Wnes i fodio lawr i Ffostrasol bore 'ma i gael anghofio amdani am ychydig.

Wrth iddo siarad am ei anwylyd sylwais fod merch wedi dod i sefyll wrth ei ymyl. Merch tua deunaw mlwydd oed, tua phum troedfedd tair modfedd o daldra, a'i gwallt hir melyn yn chwythu yn yr awel hafaidd.

Cyflwynodd y Parchedig y ferch i mi, cyn dal ati i esbonio beth oedd wedi digwydd y noson cynt. Deallais ei fod wedi cwrdd â'r ferch (Lauren oedd ei henw) wrth fodio o Aberystwyth.

—Fe fydda i'n ôl mewn munud, dywedodd Lauren wrth wenu'n swil arno, a diflannodd i ganol y dorf i siarad â rhyw gyfaill neu'i gilydd.

—Fe fydd rhaid i ti gymryd gofal gyda honna... neu fe fydd y Casio'n genfigennus, tynnais ei goes.

Ymlaciodd y Parchedig a dechreuodd chwerthin. Esboniodd ei ddiddordeb mewn allweddellau. Roedd wedi cael gradd mewn Cerdd yng Ngholeg Prifysgol Cymru, ac ar ôl gwneud blwyddyn o ymarfer dysgu aeth ati i weithio fel athro cyflenwi. Golygai hyn fod ganddo ddigon o arian i ymchwilio ac ysgrifennu ei *magnum opus*, 'The A to Gb of Keyboard Heroes'.

—Rwy wedi cael llond bol ar y sylw sy'n cael ei roi i gantorion a phobl sy'n chwarae gitars mewn bandiau. So ti'n meddwl fod y ddelwedd o allweddellwyr fel pobl sy'n chwarae yn y cwrdd ar nos Sul wedi para'n rhy hir? Meddylia am y bobl wyllt enwog sy'n chwarae'r allweddellau. Wolfie Mozart – slebog o ddyn. Jerry Lee Lewis – briododd ei gyfnither...

 —A hithau'n dair ar ddeg mlwydd oed, torrais ar ei draws i ddangos fy ngwybodaeth.

Anwybyddodd y Parchedig fy nghyfraniad i'r sgwrs a bwrw ymlaen.

—Liberace: ry'n ni'n gwybod beth oedd e'n gwneud â'i ganhwyllbren. Rwy' wedi cwblhau tair blynedd o ymchwil, ac fe fydda i'n barod i fynd ati i'w sgwennu ym mis Medi.

Closiodd ataf a sibrydodd yn dawel,

—Rwy wedi dadorchuddio pethau anhygoel am fywydau Nick Kershaw, Huw Chiswell a Richard Clayderman.

—A beth wyt ti'n mynd i'w wneud tan fis Medi? gofynnais.

—Mwynhau bywyd, atebodd yn syml, a throdd i gyfeiriad Lauren, oedd erbyn hyn yn symud yn ôl tuag atom. Cydiodd Lauren yn y Parchedig a'i arwain at grŵp o'i ffrindiau.

Dychwelais i'r dafarn i ymuno â'm ffrindiau innau – Jack Daniels a Johnny Walker.

Pennod 7

YN Y CYFAMSER roedd Ger yn dal ar safle'r Ŵyl yn cael ei hwyl a'i anturiaethau ei hunan, rhai y cafodd cryn flas ar eu hailadrodd wrthyf yn ddiweddarach. Roedd wedi mynd mewn i'r Pafiliwn, ac wrthi'n gwrando ar fand o'r enw'r 'Corksters' yn chwarae – a'u caneuon yn sôn am golled, tlodi ac euogrwydd – pan ddaeth rhyw fenyw i sefyll wrth ei ymyl. Bu hi'n sefyll yn ddistaw am ryw bum munud, cyn troi i siarad â Ger.

—Maen nhw'n dda ond y'n nhw? Ro'n i'n gweld eich bod yn symud eich traed gyda'r gerddoriaeth. Neis gweld bod rhywun yn mwynhau.

Er ei fod ei hun yn credu bod y grŵp yn warthus, roedd y gynulleidfa'n dwlu arnyn nhw. Wedi'r cyfan, Gwyddelod oedd yn methu nofio ydyn ni'r Cymry, ac ry'n ni'n caru'r Gwyddelod am ein bod yn teimlo'n euog na wnaethon ni ymladd dros ein rhyddid er 1282. Doedd Ger ddim yn ffan o gerddoriaeth Wyddelig, ac yn sicr nid oedd yn ymwybodol ei fod yn symud ei draed. Serch hynny, ar ôl pedwar peint edrychai hon yn fenyw ddeniadol iawn, felly gwenodd yn ôl arni.

—Hyfryd gweld rhywun ifanc yn dod yma i wrando ar y gerddoriaeth yn lle yfed a bustachu, dywedodd hi ymhellach.

Edrychodd Ger arni'n ofalus. Menyw yn ei thridegau oedd hi, ac un weddol hardd, meddyliodd, am fenyw ei hoedran hi. Roedd ganddi wallt hir du, ychydig gormod o golur, a gwefusau coch llawnion.

—Diolch. Rwy'n ffan mawr o'r – edrychodd ar ei docyn yn slei bach – o'r 'Corksters'. Ma' 'da fi bob tâp maen nhw wedi'u gwneud.

Wrth iddo ddweud hyn sylweddolodd ei fod yn gwneud camgymeriad mawr.

—Fi 'fyd! Heblaw am y record gyntaf, *Too Hot to Bogtrot*. Roedden nhw'n well pan oedd Declan MacManus yn brif leisydd.

—Wel mae'n rhaid i bawb symud 'mlaen rywbryd. Falle ei fod wedi gwneud lles i'r band yn y pen draw, ac i Declan ei hun, stryffaglodd Ger.

—Ond fe laddodd Declan ei hun…

—Do, digon gwir. Ond roedd yn rhyddhad mawr iddo gael dianc o'r holl yfed trwm…

Roedd Ger wir mewn dyfroedd dyfnion erbyn hyn.

—Ond roedd Declan yn llwyr ymwrthodwr…

—Oedd, oedd. Ond roedd e'n yfwr trwm o de. Roedd e'n hollol gaeth yn ôl pob sôn. 60 cwpaned y dydd. Trasiedi. Yn cymysgu Tetley ac Earl Grey. Methu cael digon o'r stwff. Y'ch chi moyn peint? gofynnodd, gan geisio dianc cyn iddi sylweddoli cyn lleied y gwyddai am yr anfarwol (heblaw am Declan wrth gwrs) Corksters.

Bu Ger yn gwrando ar y fenyw yn siarad am ei bywyd am awr. Athrawes oedd hi, a soniodd am ei gŵr yn ei gadael chwe mis ynghynt, a'r ffaith ei bod wedi dod i'r Cnapan i ymlacio. Gofynnodd i Ger faint oedd ei oedran, a throdd ei hwyneb bob sut o glywed mai dim ond un ar hugain ydoedd. Ond arhosodd gydag ef i sgwrsio'n gwrtais. Wedi iddo suddo tri pheint arall roedd cwd Ger yn llenwi ar raddfa debyg i Gronfa Hoover. Yn hanner meddw, awgrymodd wrthi y dylai'r ddau ohonyn nhw encilio i doiledau'r merched i drafod pethau'n ddyfnach.

Slap!

—Dyn rwy' ei angen, nid plentyn, ysgyrnygodd, a bant â hi.

Erbyn hyn roedd band Gwyddelig arall yn chwarae ac yn swnio fel Brendan Beehan a Flann O'Brien yn canu deuawd ar ôl noson ar y pop. Felly, aeth Ger allan o'r babell fawr i chwilio am fwyd, a cherdded yn syth at res hir o Portaloos. Wrth ymyl y rhain roedd dwy fan byrger, un llysieuol ac un anifeiliaid marw. Dilynodd ei drwyn at yr un anifeiliaid marw. Y tu ôl i'r cownter gwelodd ddyn yn gwisgo cot wen ac a oedd, ar y pryd, yn siarad â dyn arall oedd ar fin gadael y fan.

—Reit, fydda i'n ôl mewn awr.

—Iawn, Roger, fe wela i ti bryd hynny.

Pesychodd Ger, ac edrychodd Roger arno.

—Pynter! galwodd ar ei gyd-weithiwr cyn gadael y fan a cherdded tuag at y Babell Fawr.

Archebodd Ger fyrger, caws, a winwns. Wedi ei gnoi unwaith sylweddolodd ei fod yn oer, ac yn waeth fyth, roedd y canol yn binc.

—Dyw'r byrger hyn ddim wedi cael ei goginio'n iawn, dywedodd wrth y dyn â'r got wen.

—*So*? atebodd hwnnw'n ddi-hid.

—Beth wy'n treial dweud yw y galle milfeddyg da gael hwn ar ei draed mewn llai na deg munud! meddai Ger, gan ddechrau golli ei amynedd.

—Wyt ti'n awgrymu nad yw'r bwyd 'ma'n safonol? heriodd y llall. Distawrwydd am eiliad. Yna fel mellten daeth storm o fellt a tharanau o enau'r dyn.

—Wyt ti'n meddwl 'mod i'n mwynhau gwneud hyn, pal? Wyt ti? Syrfo'r anifeiliaid 'ma drwy'r dydd a'r nos mewn llefydd fel hyn? Wyt ti? Rwy'n gwneud fy ngorau glas...

Mwstard, syr? Saws, syr? HP neu blydi Daddies, syr? Winwns, syr? Ffrio'r blydi winwns nes eu bod nhw'n berffaith a'u gweld nhw'n cael eu chwydu mas ymhen deg munud. Wyt ti'n sylweddoli? Hy? Hy? Nid hon yw'n unig swydd i, ti'n gwybod. O na! Fues i yn y Coleg, pal. Ro'dd 'da fi obeithion mawr. Wyt ti'n sylweddoli sut deimlad ydi methu mewn bywyd, pal? Wyt ti?

—Dim ond dweud bod...

—Dim ond dweud! Dim ond dweud! Pwy wyt ti'n meddwl wyt ti? Egon blydi Ronay?

Cymerodd y byrger o ddwylo Ger a'i astudio'n ofalus.

—Mmm. Falle nad ydi wedi cael ei goginio'n llawn, ond dyna'n steil ni o goginio. *Rare* maen nhw'n hoffi yn yr ardal 'ma. Os nad wyt ti'n hoffi'r math yma o beth, falle y dylet ti fynd draw fan'na i gael byrger *veggie*. A chrychodd y dyn ei drwyn wrth ynganu'r ddau air olaf a phwyntio'n ddilornus at y fan arall.

Daeth Ger yn ymwybodol bod rhywun wedi dod i sefyll wrth ei ochr. Roedd hwn hefyd yn gwisgo cot wen, a hwn, debyg, oedd dyn y fan byrger *veggie*.

—Beth sy'n bod, Emlyn? gofynnodd y dyn wrth ei ochr yn uchel, cyn sibrwd yng nghlust Ger,

—Ddywedodd e rywbeth am fy myrgers i?

—Naddo, atebodd Ger.

—Aros fan'na am eiliad, dywedodd *Veggie*, a cherddodd at ei fan, cyn dychwelyd ymhen hanner munud gyda byrger llysieuol yn ei law. Estynnodd hwn i Ger.

—Profa hwn 'te. Der 'mlaen...

Gwelodd Ger y caseib ar wynebau'r ddau ddyn wrth iddyn nhw edrych ar ei gilydd. Cymerodd y byrger o law y *Veggie* a dechrau ei fwyta.

—Wel, ydy hwnna'n flasus neu ydy hwnna'n flasus? Sa i

ishe i ti gredu bod *pob* fan byrger sydd 'ma'n methu coginio'n iawn...

Cnôdd Ger y byrger am rai eiliadau cyn dweud.

—Chi'n iawn, mae'r byrger yma'n flasus iawn... ond mae'r bara braidd yn hen.

Lledodd gwên anferth ar draws wyneb Mister Byrger Eidion.

—Beth? ebychodd Mr *Veggie*, wrth gipio'r byrger o law Ger a'i gnoi.

—Paid ti â chwerthin, sgyrnygodd wrth Mr Eidion.

—Beth sy'n digwydd fan hyn? Roedd Roger, ffrind Mr Eidion, wedi dychwelyd.

—*For shame*! meddai wedi i Mr Eidion esbonio cwyn Ger.

Dechreuodd y tri dyn byrger weiddi ar ei gilydd. Gadawodd Ger nhw a dychwelyd i'r Babell Fawr.

Pennod 8

ER MAWR SYNDOD iddo pan gyrhaeddodd Ger Babell y Bar doedd neb yno. Dim ond Nebiwla neu Iron Maiden allai sugno pobl cefn gwlad Cymru o'r bar i'r babell berfformio. Pan aeth i mewn i'r babell berfformio roedd dros ddwy fil o bobl yn sefyll ac eistedd yn ddisgwylgar, gan edrych bob hyn a hyn i gyfeiriad y llwyfan. Doedd Ger ddim wedi sylweddoli bod cymaint o ddilynwyr canu gwerin yng Nghymru. Wrth edrych ar y bobl hyn sylwodd nad cynulleidfa ydoedd mewn gwirionedd, ond polimer o bobl.

Polimer yw cemeg sy'n cael ei atgynhyrchu dro ar ôl tro o un cnewyllyn. Cnewyllyn y gynulleidfa bolimeraidd hon oedd grŵp o dri pherson: mam, tad ac un plentyn. Roedd y mamau llond eu crwyn yn dueddol o wisgo ffrogiau Laura Ashley fu'n ffasiynol rhywbryd mae'n siŵr. Yn eistedd yn eu hymyl roedd eu gwŷr, tua deng mlynedd yn hŷn na'u gwragedd a'r botwm top ar eu crysau i gyd ynghau, ac er ei bod yn grasboeth yn y babell berfformio roeddent i gyd yn gwisgo siacedi brethyn. Rhwng bob un o'r parau o ddau, eisteddai plentyn tua deng mlwydd oed wedi ei sgrwbio'n lân loyw. Roedd pawb yn edrych yn syth ymlaen â'u llygaid ar y llwyfan.

Dim ond tri pherson allai achosi'r fath hypnosis torfol. Bu farw un ar fynydd Calfari, bu farw'r ail mewn byncer ym Merlin yn Ebrill 1945. Felly, dim ond un person allai hwn fod. Yn sydyn dechreuodd y dorf gymeradwyo a chamodd arwr y genedl i'r llwyfan. Canwr, protestiwr, cynghorydd, cyfarwyddwr cwmni, miliwnydd o bensaer. Frank Sinatra Cymru. Yr enwog Dafydd Iwan, yn gwisgo crys caws, a chyda gwên gawslyd ar ei wyneb. Sylweddolais nawr pam fod gymaint o bobl yn yr Ŵyl: nid i wrando ar gerddoriaeth Wyddelig, rhyw aperitif oedd hwnnw. Na, y rheswm syml oedd eu bod wedi dod i wrando ar David Yawn yn canu caneuon fyddai'n eu troi'n genedlaetholwyr a Sais-gasawyr am noson.

Dechreuodd Iwan ei set: yr un cymysgedd arferol o diwniau hwiangerddol gyda meddylfryd torf mewn stadiwm pêl-droed – stadiwm pêl-droed yn Chile yn 1973 efallai! Roedd Ger yn hanner disgwyl gweld Leni Rieffenstahl yn ffilmio'r holl beth.

Erbyn hyn roedd y gynulleidfa yn gwylio'u harwrwaredwr ar y llwyfan, wedi cael eu hudo'n llwyr. Tua chefn y babell roedd dros dri chant o fechgyn ifanc meddw yn dyrnu'r awyr ag un fraich gan edrych yn arswydus o debyg i griw yn gwneud y saliwt Natsïaidd. Crysau brown yr Almaen. Crysau glas Sbaen. Crysau du yr Eidal. Ac yn awr crysau caws Cymru!

O gornel ei lygad sylwodd Ger yn sydyn ar ddyn yn symud yn araf a phwrpasol at y llwyfan. Ymhen rhai eiliadau roedd wedi newid o gerdded i redeg, ac yna'n sprint. Hyrddioddd ei hun drwy'r awyr heibio'r stiwardiaid a glanio ar y llwyfan wrth draed y perfformiwr. Cododd ar ei draed ac er mawr syndod i'r gynulleidfa, rhoddodd glatsien dan ên Dafydd Iwan. Cyn iddo fedru rhoi smac arall iddo roedd wedi cael ei dynnu oddi ar y llwyfan a'i lusgo allan o'r babell. Roedd Dafydd Iwan, er yn waedlyd, yn dal i wenu.

Oherwydd ei fod ar ymyl y gynulleidfa, ac ar ochr y babell, gallai Ger weld y dyn yn cael ei daflu ar y borfa y tu allan i'r babell, a'r ddau stiward yn mynd ati i roi cosfa iawn iddo. Rhedodd allan a hyrddio'i hun i ganol y ffeit.

Cafodd dwrn yn drewi o ddom da ei daro'n erbyn ei lygad. Ar ôl dwsin o'r rhain sylweddolodd Ger ei fod yn ymladd yn erbyn dau stiward oedd wedi cael eu dewis oherwydd eu bod wedi arfer gwneud y math hyn o beth ar nos Sadwrn. Cafodd gosfa iawn, dwrn ar ôl dwrn, cic ar ôl cic.

—Dyna ddigon, bois. *Enough, boys*. Maen nhw wedi dysgu eu gwers. *Lessons have been learnt*, gorchmynnodd rhyw ddyn tew oedd wedi bod yn gwylio'r stiwardiaid yn dyrnu Ger a'r dyn arall ers peth amser.

Gyda hynny daeth y gosfa i ben, a chiliodd y ddau stiward yn ôl i'r babell.

—Well i'r ddau ohonoch chi fod wedi diflannu erbyn i mi ddod 'nôl. *The two of you had better disappear, pronto*. A chofiwch chi eich bod chi'n tu hwnt o ffodus y tro 'ma. *Think yourself lucky this time*.

A chyda hynny, diflannodd y dyn mawr tew hefyd i'r babell.

Gorweddodd y ddau curiedig yn ddisymud ar y borfa am beth amser, gyda'u hanadlu trwm yn gymysg â seiniau Dafydd Iwan. Drwy'r bwlch yn ochr y babell gallent weld y dwylo ifanc yn dyrnu'r awyr, cannoedd ohonyn nhw yn canu 'I'r Gad'. Dechreuodd Ger chwerthin nes iddo orfod roi'r gorau iddi gan ei fod yn brifo gormod.

Wedi rhai munudau cododd Ger a cheisiodd helpu'r dyn arall i godi.

—Diolch am drio fy helpu, meddai hwnnw. Jerry Cook yw'r enw, ac estynnodd ei law'n llipa i gyfeiriad Ger. Sa i'n deall beth ddaeth drosta i. Roedd y dyn 'na'n creu atgasedd, jyst fel yn Llundain yn '78. Sa i ishe i 'mhlant dyfu lan mewn gwlad sy'n casáu pobl sy'n wahanol iddyn nhw.

—Llundain yn '78? gofynnodd Ger.

Esboniodd Jerry ei fod wedi dod i Lambed i fyw ar ôl blynyddoedd ar flaen y gad yn ymladd yn Llundain gyda'r Anti-Nazi League. Dysgodd Gymraeg tra oedd yn astudio am radd yn y gyfraith yn Aberystwyth. Yna priododd Gymraes ac erbyn hyn roedd yn gweithio fel ymgyng-horydd i'r *Citizens' Advice Bureau* yn Llambed.

—Ta beth, diolch unwaith eto am helpu fi. Fyddai dim llawer o bobl wedi bod yn ddigon dewr i wneud beth wnaethoch chi.

—Wel i fod yn onest sa i'n deall pam wnes i. Rwy' fel arfer yn gachgi… meddai Ger mewn penbleth.

—Yn llyfr George Orwell, *1984*, chi'n gweld, mae un o weision y Brawd Mawr yn dweud wrth Winston Smith mai'r dyfodol yw esgid yn stampio ar wyneb rhywun am byth. Ro'n i wedi gweld un o'r stiwardiaid yn dechrau ar y broses honno heno, ac roedd rhaid i fi wneud rhywbeth, esboniodd Jerry.

Ffarweliodd y ddau wrth ymyl pabell Jerry.

—Cofia, os oes rhywbeth alla i wneud i ti yn y dyfodol rho alwad i'r CAB yn Llambed, cynigiodd Jerry yn frwd cyn gadael a'i wyneb yn gymysgfa glew o gleisiau a gwaed.

Penderfynodd Ger fynd i'r toiledau i olchi'i waed yntau o'i wyneb. Ar ei ffordd yno gwelodd dorf fechan wedi ymgasglu o gwmpas y faniau byrger. Roedd y ddwy fan yn rhacs, ac roedd Mr Eidion a Mr *Veggie* yn cael eu tywys i gar heddlu cyfagos. Wrth i'r frechdan jam yrru i ffwrdd safodd Roger yno'n chwifio'i law yn drist. Trodd a gweld Ger yn loetran wrth ymyl y dorf.

—Dy fai di yw hyn i gyd, y diawl! gwaeddodd gan

ddechrau rhedeg at Ger yn fygythiol.

Penderfynodd Ger mai'r peth gorau i wneud oedd troi ar ei sawdl a dod o hyd i'r Ford Cortina Mark 3 cyn gynted â phosib.

Pennod 9

TRA BOD GER MEWN TRAFFERTH ar faes y Cnapan, roeddwn i'n mwynhau fy hun yn y dafarn. A dweud y gwir, diflannu wnaeth gweddill y diwrnod a'r noson honno mewn niwl alcoholig, ac ychydig atgofion oedd gennyf drannoeth o'r digwyddiadau. Peint ar ôl peint yn llifo lawr fy nghorn cwac, a bysedd y cloc yn araf yn symud ar y dechrau. Chwech o'r gloch, saith o'r gloch, wyth o'r gloch, ac yna'r cloc yn cyflymu a chyflymu. Niwlog yw'r atgofion wedi wyth o'r gloch. Wyneb menyw tua deugain oed yn clebran yn ddi-baid, Duw a ŵyr am beth. Chwerthin, yfed, yfed, chwerthin. Teimlo ei llaw yn fy llaw. Yr awyr iach yn pigo drwy fantell y nos. Y miwsig o'r Babell Fawr yn tawelu wrth i ni bellhau. Dringo dros gât. Sefyll yng nghanol cae. Wyneb menyw, yr un wyneb... a dyna ni. Cofio dim mwy.

Y peth nesaf roeddwn i'n cofio oedd dihuno yng nghanol cae yn gwisgo dim byd ond crys chwys chwyslyd, a'r fenyw ganol oed wedi diflannu i'r nos. Wedi ymbalfalu am beth amser cefais hyd i 'nhrowsus a'm sgidiau, ond er chwilio a chwilio, methais gael gafael ar y gweddill.

Penderfynais ddychwelyd i'r Ŵyl Werin, gan ddefnyddio'r gerddoriaeth yn y pellter i'm harwain. Cerddais am dros filltir drwy'r caeau gan ddringo dros glwydi a sawl rhastal cyn cyrraedd cyrion y Maes Pebyll. Symudais yn araf yn chwilio am y car, a gwelais ffigwr cyfarwydd yn agosáu yn y pellter – Ger.

—Be uffern sy 'di digwydd i ti? meddai'r ddau ohonon ni

ar yr un pryd.

— *Make a wish*, dywedodd Ger gan estyn ei fys bach i mi. Rwy' jyst ishe ffindio'r car?

—A finnau hefyd, ochneidiais innau.

Cafodd ein dymuniad ei gwireddu, oherwydd eiliad yn ddiweddarach fe glywon ni lais gogleddol benywaidd yn gofyn?

—Wwww! Beth yw hwnna yn dy boced di?

—Calciwlator, ddaeth yr ateb mewn llais cyfarwydd.

Tony.

Cnociais ar ddrws y babell a gofyn i Tony am gael benthyg y car.

—Iawn. Dim problem. Gynna i bas i'r Gogladd fory, 'sti! meddai gan geisio dynwared acen ei gymar yn y babell. Ond mae'r allweddi 'da Frank.

—Ble mae e? gofynnais.

—Y tro diwetha weles i e roedd e'n mynd i mewn i'r toilede, atebodd Tony, cyn cael ei dynnu'n ôl mewn i'r babell gan ei fodan.

Tybiais efallai fod Frank yn feddw ac wedi cael KO yn y toiledau, ond pan gyrhaeddais doiledau'r dynion roedden nhw i gyd yn wag.

—Falle ei fod wedi mynd i doiledau'r merched mewn camgymeriad, awgrymodd Ger.

Gan fod Dafydd Iwan yn dal i ganu doedd dim ciw wrth doiledau'r merched, felly fe aethon ni mewn yn gyflym i'r ciwbicl canol a sefyll ar ben y sedd. Ac yn wir i chi, roedd ein taith ar ben. Yno yn eistedd ar y sedd gyda gwên blentynnaidd ar ei wyneb roedd Frank, ac ar ei phenliniau o'i flaen, gyda'i phen yn codi a disgyn yn rhythmig roedd menyw â gwallt du.

Llwyddwyd i gael sylw Frank heb orfod siarad ag ef, a

gwnaeth Ger arwydd gyda'i ddwylo ei fod eisiau allweddi'r car. Wedi ymbalfalu ym mhocedi ei got daeth o hyd iddyn nhw a'u taflu iddo. Sylwodd y fenyw fod rhywbeth yn digwydd ac edrychodd i fyny i weld Ger yn pipo'n syn arni.

—O! chi eto! Ddylech chi weld doctor, y pyrfyrt bach ifanc! Rhag eich cywilydd chi yn gwylio pobl eraill wrthi... Ych a fi!

Trodd ei phen i weld Frank yn wincio arnaf fi a chododd ei phen i'r cyfeiriad arall i 'ngweld i yn y ciwbicl arall.

—A chi! Fe gethoch chi'ch cyfle'n gynharach. Ddylech chi ddim yfed cymaint chi'n gwybod.

Doedd gen i ddim awydd aros i ddadlau. Winciais yn ôl ar Frank a diflannu. O fewn pum munud roedd Ger a minnau yn y car a'r egsôst yn llusgo'n swnllyd yr holl ffordd 'nôl i Aberystwyth.

Drwy Post Mawr, Llanarth ac Aberaeron yn araf deg, a minnau'n smygu'r sigarennau oedd gen i'n weddill oherwydd fod fy nerfau'n rhacs. Ymlaen â ni drwy Lanrhystud, heibio'r 'Cofiwch Dryweryn', a'r car fel malwen rownd y corneli, ond Ger yn canolbwyntio fel petai'n yrrwr rali.

—Oes sigarét 'da ti? gofynnodd Ger.

—Nag oes.

—Blydi hel! Deng mil o'r diawlied ar y ffordd lawr, a dim un ar y ffordd 'nôl.

—Aros funud, fe edrycha i yn y cwtsh menig.

Llwyddais i agor y cwtsh, ac ymbalfalu yn y tywyllwch am sigarét. Y funud nesaf roeddwn i'n sgrechian mewn poen. Roedd fy llaw yn sownd. Stopiodd Ger y car a helpodd fi i gael fy mraich allan. Edrychodd y ddau ohonom yn gegrwth ar y cwtsh menig.

—Iesu Mawr.

—Blydi hel.

Roedd niwl trwchus oer yn dod allan o'r cwtsh. Roedd
Tony a Frank wedi ei newid o fod yn gwtsh cyffredin i fod
yn rhewgell. Cymerais glwtyn o'r sedd gefn a mentro rhoi
fy llaw mewn unwaith eto. Y tro hwn pan dynnais fy llaw
allan gwelais ei fod yn dal darnau o iâ, wedi eu rhewi ar
siâp darnau punt.

—Maen nhw wedi bod yn defnyddio punnoedd dŵr i
brynu ffags! meddai Ger mewn sioc.

—Sdim rhyfedd bod deng mil o ffags 'da'r ddau 'na. Pan
es i'r peiriant ffags neithiwr roedd e'n wag, meddwn yn
dechrau deall nawr. Ond roedd pwll bach o ddŵr ar y
llawr oddi tano. Gyda hanner cant o dafarndai yn
Aberystwyth, fe allen nhw 'brynu' deg paced o bob un.

—Parch at yr hogie, gwenodd Ger.

—*Salute* i Mrs Thatcher. *Salute* i gyfalafiaeth, a *salute* i
Tony a Frank, gwaeddais drwy ffenest agored y car wrth
inni fynd yn ein blaenau yn ôl am adref.

Trwy Lanfarian a Phenparcau â ni, ac o'r diwedd dyma
gyrraedd yn ôl i'r dref yn oriau mân y bore, a'r golau
llachar yn ein cyfarch a'n croesawu.

Pennod 10

Y PRYNHAWN CANLYNOL eisteddai Pete, Ger a minnau ym mar cefn yr Angel yn ail-fyw anturiaethau'r penwythnos dros beint oer. Roedd llygad las Ger yn berl a'i wefus chwyddedig fel pêl tenis, ac roedd Pete yntau wrth ei fodd yn ein hatgoffa o'n dewrder yn ei achub echnos yn ei bans glas o grafangau'r myfyrwyr.

Yn sydyn hyrddiwyd drws y dafarn ar agor a ffrwydrodd llu o liwiau i'r dafarn. Tawelodd y siarad wrth y bar ffrynt a martsiodd y myrr o liwiau i'r bar cefn. Dyma berchennog yr Angel – Elfed Oakes, *meine host*, yn taranu i mewn. Dyn tua deugain oed ydoedd, gyda gwallt cyrliog du a mwstás tebyg i un Pete. Gwisgai drowsus siec du a choch a siwmper Pringle felen. Wrth iddo gyrraedd y bar cefn edrychodd yn syth at Pete a sgyrnygodd,

—Fi ishe gair 'da ti, y cnych. Chwifiodd glwb golff yn beryglus o agos at ben Pete.

—Cymer bwyll cyn i ti wneud niwed i ti dy hun gyda'r *niblick* 'na, oedd ateb parod Pete.

—Rwy' newydd glywed beth ddigwyddodd 'ma nos Wener.

—O! ebychodd Pete yn llywaeth.

—Ro'n i ar y nawfed, *360 yards with dog-leg*, par 5, pan ddaeth Tudor Harries ata i a dweud...

—O!

—... ie. *O!* A dyma fe'n diolch i fi am y parti nos Wener. Pa barti? medde fi. Y parti gyda'r holl ddiodydd yn rhad ac am ddim yn yr Angel, medde fe. Rwyt ti yn y byncer heb *sand wedge*, Peter. Oes esboniad?

Esboniodd Pete ei fod e a Ger wedi camddeall ei gilydd, a chwarae teg i Ger, dywedodd fod cymaint o'r bai arno ef.

—Cau dy geg! Sa i'n siarad â'r *caddie*, brathodd Oakes wrth Ger, cyn troi at Pete unwaith yn rhagor.

—A pham uffar nad oeddet ti'n gallu gweithio nos Wener? M?

—Ro'n i'n perfformio, esboniodd Pete yn ddistaw, ei ddeunaw stôn yn fychan yn ymyl ei daran o ewythr.

—*Double bogey*! Dyw e ddim yn ddigon da! Ro'n i'n gwybod mai camgymeriad oedd rhoi'r job 'ma i ti! Wel, rwy'n mynd i wneud ffafr â ti nawr. Ti moyn bod yn ddigrifwr, yn dwyt? Wel, dyma dy gyfle di! Gei di wireddu dy freuddwyd.

—Be wyt ti'n awgrymu? edrychai Pete druan ar goll yn lân.

Rhoddodd Oakes ei fraich yn dyner am ysgwyddau ei nai, cyn gweiddi yn ei glust.

—Rwyt ti *out of bounds. No free drop*. Ti wedi cael y sac!

—Os taw fel'na ti moyn hi, iawn, atebodd Pete, ei wyneb yn galed a chadarn ac yn amlwg wedi dod at ben ei dennyn. Gorffennodd ei beint ar ei ben a thynnu set o allweddi o'i boced.

—Gei di ffeindio rhywun arall i gasglu dy rent. Rwy'n symud mas o'r tŷ. *Hole in one*. A ti sydd yn y twll.

Taflodd ei allweddi at Oakes a cherdded allan o'r dafarn yn urddasol.

—*Albatross* fuodd e erioed, y diawl bach, meddai'r ewythr dan ei wynt, cyn troi i weiddi ar Ger. A beth wyt ti'n edrych arno?

Yna ymbwyllodd, ac aeth y lle yn ddistaw i gyd. Edrychodd Oakes ar Ger eto.

—Cer 'nôl tu ôl i'r bar 'na, meddai. Rwy'n rhoi'r siaced werdd i ti nawr. Gei di redeg y bar. Wna i drafod telerau 'da ti heno pan ddo i'n ôl i gasglu'r arian o'r tils. Un diog fuodd Peter erioed... meddai wrth gydio yn ei *niblick*... yn wahanol i fi. Reit, rwy'n mynd nôl ir clwb golff am y prynhawn.

A diflannodd Elfed Oakes drwy ddrws ei dafarn.

*   *   *

Fe'm dihunwyd y bore Llun canlynol gan sŵn cyfarwydd iawn – sŵn egsôst Ford Cortina Mark 3 yn peswch carbon monocseid i'r awyr. Codais o'r gwely a gwisgo'n sydyn, ac erbyn i mi gyrraedd gwaelod y grisiau roedd Tony a Frank wedi dechrau symud eiddo Pete o'i ystafell i'r car.

—Mae Pete yn dod i fyw gyda ni i *Tony Towers*, meddai Tony yn falch.

—*Frank Fields*, cywirodd Frank gan wenu.

—Chi moyn help llaw? gofynnais.

—Diolch. Tetleys, llaeth, dim shwgwr, meddai'r naill.

—Tetleys, un shwgwr, dim llaeth, meddai'r llall.

Wedi llenwi'r car aeth y tri ati i esbonio pam fod Pete wedi penderfynu symud i fyw at y ddau frawd.

—Esboniodd Ger neithiwr beth oedd wedi digwydd rhwng Pete ac Oakes pan ddaeth â'r car 'nôl, esboniodd Tony.

— Felly fe benderfynodd Tony a fi gynnig swydd i Pete gyda ni yn y busnes gwerthu stampiau, gwenodd Frank.

—Ac i ddod i fyw gyda ni ym Mhenparcau am gyfnod. Fydd e'n dda i *morale* y tîm gwerthu ein bod ni i gyd yn byw a gweithio gyda'n gilydd, meddai Tony.

Nodiodd Pete ei ben i ddangos ei fod yn cytuno â'r ddau frawd.

—Dyw'r *London Palladium* ddim wedi bod ar y ffôn eto, felly man a man i fi dderbyn cynnig Tony a Frank. Reit, fe af i a Frank â'r stwff sydd yn y car lan i'r tŷ, ac fe gewch chi baratoi gweddill y stwff erbyn ein bod ni'n ôl, gorchmynnodd Pete.

Wedi i Pete a Frank adael am Benparcau ymhelaethodd Tony pam eu bod wedi estyn y gwahoddiad i Pete ddod i fyw gyda nhw.

—*Showbiz*. Mae Frank a fi'n meddwl bod gan Peter botensial fel digrifwr, ac ry'n ni ishe bod yn asiantwyr iddo fe. Sythodd i siarad ar ganol y dasg o symud bocs o gasetiau at y drws. Y broblem yw ei fod e'n sylweddoli nad yw gyrfa Frank a fi ym myd busnes wedi bod yn llwyddiant mawr... eto... a'r ffordd orau o'i berswadio i'n gadael ni i fod yn asiantwyr iddo fe yw ei gael i fyw 'da ni. Fe fyddwn ni'n ei blagio fe o fore gwyn tan nos.

Ailafaelodd yn y gwaith o lusgo'r bocs casetiau at y drws, a chyda hynny dychwelodd y Ford Cortina Mark 3. Gorffennwyd y llwytho a diflannodd Tony, Frank a Pete mewn cwmwl o fwg i gyfeiriad Penparcau.

*　　*　　*

Welais i fawr o neb yn ystod gweddill yr haf. Roedd Tony, Frank a Pete yn brysur gyda'r busnes stampiau, a Ger yn gweithio ddydd a nos y tu ôl i'r bar. Roedd y Parchedig wedi diflannu fel petai'r ddaear wedi'i lyncu.

Serch hynny, gwelwyd rhywun tebyg iddo'n cerdded fraich ym mraich gyda merch ar draeth Cei Newydd tua chanol mis Awst.

— Rwy'n credu taw'r Parchedig oedd e, ond i fod yn onest ro'n i'n canolbwyntio mwy ar y flonden oedd gydag e, esboniodd Tony.

Roedd mis Awst yn fis o ryddid, yn torheulo yn ystod y dydd ac yn yfed gyda'r nos. Ond roeddwn hefyd yn sylweddoli bod y bwndel arian wrth gefn yn prysur leihau.

Pennod 11

DYDD MAWRTH ar ddiwedd Awst. Diwrnod seinio 'mlaen. Cerddais at y swyddfa waith.

Wrth i mi gerdded ar hyd y promenâd gwelwn hen ddynion yn llwytho degau ar ddegau o gadeiriau haul i gefn lorri. Chwythai posteri hysbysebu ar draws y palmant tywodlyd, rhai'n hysbysebu talentau'r amrywiol berff-ormwyr fu'n diddanu'r ymwelwyr gydol yr haf: Bobby Bell a Nigel, y Showtime Singers, Mr Majik, Denise Talbot (a oedd yn ôl y poster tywodlyd i fod i swnio fel Shirley Bassey). A bellach roedd y diddanwyr hyn i gyd wedi gadael y dref i fynd i weithio ar y cychod *cruise* dros y gaeaf. Chwythai'r gwynt yn filain gan gydio bob hyn a hyn mewn sbwriel a'i godi i'r awyr. Diwedd Awst. Diwedd yr haf.

Rhedodd plentyn tua thair blwydd oed o flaen ei fam, gan ddal balŵn yn ei law chwith. Yn sydyn cydiodd y gwynt yn y balŵn a'i godi o afael y plentyn, fel petai'r gaeaf wedi anfon ei Iarll yr Hydref i gael gwared ar yr hyn oedd yn weddill o hapusrwydd a rhyddid yr haf. Edrychodd y plentyn ar y balŵn yn esgyn i'r awyr yn y gwynt ac yn dawnsio'n hamddenol allan dros y bae. Syllodd ar ddiflaniad araf y balŵn am amser hir, gan ddod yn ymwybodol am y tro cyntaf efallai o'r syniad o golled. Trodd at ei fam a dechreuodd grio ym mhlygion ei sgert, gan gydio'n dynn yn ei choesau fel petai'n ceisio dringo'n ôl i ddiogelwch y groth.

Lleolir y swyddfa waith gerllaw'r orsaf reilffordd yng

nghanol y dref. Bob bore dydd Mawrth mae un o weithwyr y swyddfa yn gwasgu botwm sy'n tanio magned dynol, ac mae'r di-waith yn codi o'u gwelyau ac yn cael eu tynnu tuag at y swyddfa i dorri eu henwau ar ddarn o bapur sy'n profi eu bod wedi bod yn segur yn ystod y bythefnos aeth heibio. Wedyn maent i gyd yn dychwelyd i'w gwelyau am bythefnos arall o gwsg. Gwir fyddin Arthur.

Darlun cyffredin o swyddfa waith yw swyddfa dywyll, ddigymeriad sy'n cynnwys rhesi o bobl yn symud yn anifeilaidd tuag at gownter, eu hysbryd wedi diflannu'n llwyr, a'r rhastal wedi cael ei chodi y tu hwnt i'w cyrraedd. Rhyw ddarlun o nofel gan Kafka neu stori fer gan Gogol a hyrwyddir gan bobl mewn swyddi da – boed hwy'n gyfryngwyr, yn gynghorwyr neu'n gynganeddwyr. Ond nid dyma'r darlun cywir. Pan gamwch i swyddfa waith o oerni'r stryd mae'ch traed yn suddo'n araf yn y carped moethus sydd ar lawr, ac mae'r gwres canolog yn eich cynhesu. Ceir darluniau clasurol, ysgafn a gweddus ar y waliau gan Monet a Constable, a cherddoriaeth glasurol. Pwrpas y gwres, y carped, y darluniau a'r gerddoriaeth yw eich swyno dros dro mae'n siŵr.

Wedi cyrraedd y swyddfa a chael fy swyno i gerdded mewn cefais sedd yn un o'r cadeiriau esmwyth sydd yno i groesawu'r 'cwsmeriaid', fel y'n gelwir erbyn hyn. Mewn cadair i'r chwith o'r fan lle'r eisteddwn roedd dyn yn tynnu at oed yr addewid wedi'i wisgo mewn siwt foethus a chrafat.

Gwelais le gwag wrth y cownter a thynnais sylw'r dyn at hyn. Ysgydwodd yntau'i ben yn wyllt,

—Jiw Jiw, nid dod yma i gael arian ydw i. Dod yma i wrando ar y gerddoriaeth glasurol ydw i, achan. Llawer yn well na Radio 3 y dyddie 'ma. Maen nhw'n chwarae'r

Beatles ar Radio 3. Be nesa?

Beth nesaf yn wir! Porthais y dyn yn barchus, cyn codi a symud tuag at y cownter. Dyma ddechrau'r ddefod bob-yn-ail-wythnos o holi ac ateb. Cyflwynais fy ngherdyn i'r fenyw, a sylwais o'r plac ar ei brest chwith mai Denise Rowlands oedd ei henw. Wedi derbyn fy ngherdyn trodd at fwrdd y tu ôl iddi oedd yn cynnwys cylch o gardiau, ac aeth ati i chwilio am y cerdyn oedd yn cynnwys fy manylion personol i. Dychwelodd at y cownter gyda cherdyn yn ei llaw oedd yn rhestru ffeithiau am fy mywyd diddorol a segur. Syllodd arnaf gyda'i llygaid pwl.

—Ydych chi wedi gweithio yn ystod y bythefnos ddiwethaf?

—(Do, rwy'n rhedeg deg cwmni yn y dre 'ma, a gyda'r nos rwy'n pimpio i ddeg o ferched, wyth ohonynt yn gweithio yn y swyddfa hon.) Na. Dim gwaith o gwbl.

—Wnewch chi lofnodi fan hyn, 'te plîs.

—(Wrth gwrs, cariad. Unrhyw beth i un o fy ffans mwyaf. I Denise Rowlands, cofion cynnes, David Bowie.) Wrth gwrs. Fan hyn, ar y llinell hon, ife? 'Na chi. x.

—Diolch.

—(Cer i grafu.) Diolch yn fawr iawn.

A dyna ni. Er fy mod yn mynd mewn i'r swyddfa bob tro gyda'r bwriad chwyldroadol o'i dinistrio, rwy'n ei gadael yn wylaidd wedi bod drwy'r un broses. Cwningod a goleuadau.

Roeddwn ar fin gwthio drws y swyddfa waith, pan ruthrodd rhywun drwyddo o'r cyfeiriad arall fel tarw drwy'r trash. Ro'n i bron â gweiddi 'Hei, y diawl digywilydd', pan sylwais mai Pete ei hun oedd yn rhuthro at y cownter.

—Sori, clywais Ms Rowlands yn ymddiheuro, a gwên fel

Cruella de Ville yn harddu'i hwyneb. Ond mae wedi un ar ddeg o'r gloch. Fe fydd yn rhaid i chi ddod yn ôl yfory.

—Rwy wedi aros pythefnos am fy siec! Mae'n rhaid i fi gael yr arian heddiw! ymbiliodd Pete, gan anadlu'n drwm.

—Mae'n flin 'da fi, ond rwy'n siŵr y bydd y siec yn cyrraedd yn y man. Os wnewch chi lenwi'r ffurflen hon gallwch wneud cais brys am fudd-dâl: yr *Emergency Benefit*.

—Pryd fydd hwnna'n cyrraedd?

—Cyn diwedd yr wythnos. Dydd Gwener falle—

—Ond mae'n rhaid i fi gael yr arian nawr, heddiw!

—Mae'n flin 'da fi, ond dyna'r gorau allwn ni ei wneud.

Wrth i Pete droi'n araf i adael y cownter, clywais Ms Rowlands yn gofyn iddo.

—Gyda llaw, allwch chi a Tony ddod rownd i drwsio'r ffridj heno yn lle nos fory?

—Ocê, atebodd Pete yn swil, ac fe gerddodd y ddau ohonom allan o'r swyddfa, ac i fyny'r stryd, wedi cwblhau diwrnod da arall o waith caled.

—Rwy'n hollol, hollol *skint*. Mae'n anfaddeuol eu bod nhw'n methu 'nhalu i tan ddydd Gwener, cwynodd Pete.

—Ti'n iawn, cydymdeimlais. Sut wyt ti i fod i fwyta heb dy Giro—

Trodd Pete ataf yn syn a thorri ar fy nhraws,

—Bwyd! Sa i'n becso am fwyd. Allen i fyw heb fwyd am fisoedd. Edrych arna i!

Ac yn wir i chi, byddai ambell i gamel yn genfigennus o'r holl floneg a dŵr ar ei gorff.

—Rhywbeth arall sy'n fy mhlagio, esboniodd. Wyth deg pump ceiniog sydd ei angen arna i. Yna trodd yn sydyn ataf, gan edrych yn obeithiol arnaf gyda llygaid llo bach.

—Does dim ceiniog 'da fi, ysgydwais innau 'mhen. O'n

i'n hanner gobeithio...

Cerddodd Pete ymlaen gyda'i ddwy law yn ddwfn yn ei bocedi. Dilynais ef i eistedd ar fainc yng ngwaelod y dref, a bu'r ddau ohonom yn benisel yn gwylio'r siopwyr a'r dynion busnes yn cludo'u llwythi o arian i mewn ac allan o'r banc.

—Pam wyth deg pump ceiniog? gofynnais yn y man.

—Dyna bris hapusrwydd.

—Mae'n rhad iawn dyddiau 'ma?

—Dyna faint mae cornet o hufen iâ yn ei gostio.

—Yr hen fola mawr i ti, cyhuddais.

—Dyw e ddim byd i wneud â 'mola i, 'r bantam. Rwy'n siarad am fy nghalon. Gad i fi esbonio. Ti'n gwybod 'mod i wedi bod yn cysgu ar soffa Tony a Frank ers dros fis, ac yn teithio gyda nhw o gwmpas Ceredigion yn gwerthu stampiau. Hynny yw, tan i'r busnes stampiau fynd i'r wal wthnos yn ôl.

—Be ddigwyddodd? gofynnais, yn glustiau i gyd.

—Doedd Tony a Frank ddim wedi sylweddoli beth oedd gwir effaith y chwyldro mewn technoleg sydd wedi digwydd yn ystod y pum mlynedd diwethaf. Mae'r hen bobol *on line*, ac yn e-bostio'i gilydd yn lle anfon llythyron drwy'r post.

—Hen dro.

—Ers hynny mae'r ddau wedi bod yn fy mhoeni, ishe i mi adael iddyn nhw fod yn asiantiaid i mi yn fy ngyrfa fel digrifwr. Mae'r ddau erbyn hyn wedi cloi'u hunen bant ers tri diwrnod, a synnen i fochyn nag y'n nhw'n meddwl am gynllun busnes newydd. Ta beth, rwy' wedi bod yn crwydro'r strydoedd yn ceisio'u hosgoi. Ro'n i'n teimlo'n gwbl ddiobaith tan i fi ei gweld hi...

Ac aeth llygaid Pete yn gam i gyd, a phallodd siarad.

—Clatsha bant, anogais.

Yn y man daeth ochenaid fawr o'i frest a daeth yr hanes ling-di-long.

—Echddoe ro'n i'n cerdded ar hyd y prom, a digwydd i fi edrych mewn i'r blwch gwerthu hufen iâ, a dyna lle'r oedd hi'n sefyll. Gwddwg gwyn fel alarch, a gwallt melyn fel yr haul. Ddylset ti 'i gweld hi...

Aeth ei lygaid yn gam i gyd eto. O diar. O diar. O diar. O diar. O diar, meddyliais a 'nhro i oedd ochneidio y tro hwn.

—Wyt ti wedi siarad 'da hi 'to? gofynnais.

—Dyna'r broblem. Sut alla i? Alla i ddim cerdded lan a dechrau siarad 'da hi heb ofyn am gornet neu lolipop. Cornet wyth deg pump ceiniog yw'r peth rhata sydd yna. Sut alla i gael gafael ar wyth deg pump ceiniog? Os ofynna i i Tony a Frank fe fyddan nhw'n fy ngorfodi i arwyddo rhyw gytundeb sy'n eu gwneud yn asiantiaid i mi.

Ac ar hynny disgynnodd ei ben yn drist ar ei frest.

—Pam na wnei di hynny? gofynnais

—Achos rwy'n gwybod y gallwn i wneud yn dda ym myd comedi. Sa i ishe gweld y ddau 'na'n dinistrio'r cyfan cyn i fi ddechrau, oedd yr ateb gan y pen yn y plu.

Digon gwir. Fel roedd Tony ei hun wedi cyfaddef, roedd record y ddau frawd yn un gwael, a hynny ym mhob un o'u 'meysydd arbenigol'! Felly fe eisteddon ni'n dau am dipyn heb yngan gair, gyda Pete, mae'n siŵr, yn ystyried y syniad o ddwyn o fanc er mwyn cael yr wyth deg pump ceiniog. Dechreuodd gwyno eto,

—Ac yn waeth fyth, mae'r blwch hufen iâ yn cau am bump heno.

—Aros tan bod yr arian yn cyrraedd ddydd Iau neu ddydd Gwener, awgrymais.

—Alla i ddim. Mae'r blwch yn cau am y gaeaf. Os na chaf i gyfle i'w gweld hi heno, falle bydd hi'n diflannu am byth, atebodd.

A Pete yn ochneidio wrth fy ymyl, eisteddodd y ddau ohonom am sbel yn gwylio'r siopwyr yn cerdded yn ôl ac ymlaen, i mewn ac allan o'r siopau, i mewn ac allan o'r banciau, i mewn ac allan o'r blychau ffôn. Dechreuais feddwl beth fyddai Tony a Frank yn ei wneud dan amgylchiadau fel hyn.

—*Eureka*! Daeth ysbrydoliaeth fel manna o'r nefoedd yn sydyn. Faint o flychau ffôn sydd yn y dre 'ma? gofynnais yn llawn brwdfrydedd.

—Sa i'n siŵr, rhyw hanner cant, atebodd Pete yn betrusgar a diddeall.

—'Na ni! Meddylia faint o bobl sy'n mynd mewn a mas o flychau ffôn, ac sydd ar gymaint o frys fel eu bod yn anghofio cymryd y newid...

— Man a man a mwnci! a neidiodd Pete o'i sedd, ac i ffwrdd â ni i edrych ym mlwch newid pob ciosg cyhoeddus yn y dref.

Wedi cael dechrau da yn y pedwar blwch ffôn ar waelod y dref, roedd hanner can ceiniog yn ein meddiant mewn deng munud. Meddyliais mai mater hawdd fyddai cael tri deg pump ceiniog arall. Efallai y bydden ni'n mor llwyddiannus fel bod modd i Pete archebu *double whippy vanilla* gyda banana, 99 ac ymbarél!

O waelod y dref fe gerddon ni draw i gyfeiriad yr orsaf reilffordd. Wrth agosáu at y blychau ffôn niferus fe welon ni ddau berson yn cerdded ar frys i'n cyfarfod. Fe ddechreuon ni gerdded yn gyflymach, ac yn y diwedd roedd pedwar person, dau o bob cyfeiriad, yn rhedeg nerth eu traed at y blychau ffôn.

Tony a Frank gyrhaeddodd yno gyntaf. Aeth Tony mewn i'r blwch, a daeth allan ymhen eiliadau yn dal darn hanner can ceiniog uwch ei ben fel petai wedi ennill Wimbledon.

—Beth y'ch chi'ch dau'n ei wneud fan hyn? gofynnodd Pete â'i wynt yn ei ddwrn.

—Treial codi arian, meddai Tony.

—Ar gyfer dau beth, ychwanegodd Frank.

—Ry'n ni'n meddwl dechrau busnes newydd, ac ry'n ni ishe prynu blodau i Mam-gu sy'n cael ei phen blwydd heddiw, esboniodd Tony.

—Mae hi'n wyth deg heddiw, ychwanegodd Frank.

—Beth yw'r fenter newydd? gofynnais.

—Ust, ust. Fe ddwedwn ni ar ôl i ni godi digon o arian, meddai Tony yn llawn dirgelwch.

—Ond... ond... Roedd Pete ar fin dweud rhywbeth pan dorrodd Frank ar ei draws

—Ond beth? Gobeithio nag y'ch chi'ch dau'n meddwl gwneud yr un peth, yn enwedig nawr dy fod ti yn byw 'da ni nawr, Pete.

—Gobeithio ddim, sgyrnygodd Tony.

—Wel, Pete. Wyt ti'n mynd i wneud dy alwad ffôn? gofynnodd Frank.

—Beth?? O na, doedd e ddim yn bwysig, ta beth, ysgydwodd Pete ei ysgwydd.

—Wyt ti wedi cael mwy o amser i feddwl am ein cynnig busnes ni, Pete? Fe allen ni dy gynrychioli yn y byd Showbizzzz. Cynnig teg. Dim ond deg y cant...

—Yr un! rhoddodd Frank ei bwt i mewn.

—Rwy'n dal i feddwl am y peth, oedd ateb distaw Pete, a cherddodd y ddau arall i ffwrdd fel dau geiliog.

Edrychodd y ddau ohonom ar eu cefnau yn ei lordio

hi lawr y stryd.

—Faint o arian sy 'da ti? gofynnais.

—Hanner can ceiniog, atebodd Pete.

*   *   *

Y broblem nesaf oedd ceisio troi'r hanner can ceiniog yn bump a phedwar ugain. Dyw'r dosbarth gweithiol ddim yn cael eu dysgu i ddygymod â chyfalafiaeth, i fuddsoddi, prynu, gwerthu, twyllo, ac yn y blaen. Yn wahanol i'r dosbarth canol, yr unig 'addysg fusnes' y maent wedi'i dderbyn yw sut i lenwi ffurflen Fantasy Football neu docyn loteri, ac i'r rhai mwy mentrus, sut i lenwi slipiau betio ceffylau a chŵn. Mae'n rhaid i'r sawl sy'n byw mewn cyfundrefn gyfalafol sylweddoli sut mae'r system yn gweithio, ac i sylwi ar bob achlysur pan fod arian yn cyfnewid dwylo, bod rhywun, rhywle yn gwneud elw. Gyda'r wybodaeth hon, fe es i ati i geisio hapfasnachu ychydig fy hun, yn y farchnad Heinz Baked Beans Brunch.

Wedi prynu tun o'r cynnyrch yn Kwik Save am hanner can ceiniog, a thynnu'r sticer pris oddi arno, fe'i gosodais ar lawr a damsgen arno. Bum munud yn ddiweddarach roeddwn yn sefyll wrth gownter siop Ken, neu Ken y lleidr fel y câi ei alw oherwydd ei brisiau afresymol o uchel, ac yn dangos y tun iddo.

—Sa i'n cofio ti'n prynu hwn fan hyn, dywedodd yntau gan grafu ei ben yn araf.

—Dyna beth sy'n dod o gadw siop lewyrchus. Mae'n un rhuthr mawr diddiwedd, heb amser i weld wynebau pawb. Gwranda, 'na'i gyd rwy moyn yw'r arian 'nôl, mynnais yn bwyllog.

Yn y pen draw ar ôl grwgnach am dipyn, a dweud rhywbeth am 'redeg busnes' a 'chynnal gwraig a phlant', cytunodd Ken. Wrth i mi adael y siop roedd Pete yn sefyll wrth y drws, ac fel Steve McQueen yn gofyn y cwestiwn anfarwol wrth Yul Brynner yn y ffilm *The Magnificent Seven*, gofynnodd,

—Faint sydd 'da ti?

—Wyth... deg pump, atebais gyda winc.

I ffwrdd â ni felly am y blwch hufen iâ, gyda Pete yn arwain yn sionc, a minnau'n cerdded yn Foslemaidd ddeg cam y tu ôl iddo. O'r pellter gwelais Pete yn prynu ei hufen iâ ac yn dechrau siarad â'r ferch. Mae dwy ffordd o gael merch i'ch breichiau: y ffordd gyntaf yw ei tharo dros ei phen â bat pêl-fas, a'r ail ffordd yw gwneud iddi chwerthin. O fewn eiliadau roedd hon yn chwerthin yn braf, gan daflu ei gwallt melyn yn ôl dros ei phen. Penderfynais na fyddai angen y bwa saeth a'r saethau arnaf heddiw.

*   *   *

Pan welais Pete drannoeth a'i holi esboniodd ei fod wedi cael peth llwyddiant gyda'r ferch.

—Mae'n dod mas am bryd o fwyd 'da fi heno, ymfalchïodd a'i wên bron a diflannu heibio'i glustiau.

—Sut allu di fforddio mynd â hi mas? So dy Giro di'n cyrraedd tan fory, yw e?

—Pwff a hwff. Beth yw cost ble mae cariad? atebodd Pete, cyn esbonio ymhellach. Rwy wedi cytuno i adael i Tony a Frank weithredu ar fy rhan yn y byd adloniant a diddanu. Wnaethon nhw roi *sub* i fi.

Gwenais wrth feddwl am yr holl halibalŵ o gael gafael

ar wyth deg pump ceiniog, a dyna'r cyfan oedd angen oedd gofyn i Tony a Frank am yr arian. Dyma'r tro olaf fydden i'n helpu ci mewn cariad.

Pennod 12

DIWEDD MIS MEDI. Roedd yr arian wrth gefn wedi diflannu. Dim yfed, dim betio, dim mwynhau. Rhaid oedd treulio'r amser felly'n loetran a cherdded o gwmpas y dref. Mae'n syndod sut mae wynebau'n disgyn unwaith i ni gyrraedd yr hydref. Wynebau'r plant yn crychu oherwydd fod gwyliau'r haf wedi gorffen, yr oedolion oherwydd eu bod wedi gorfod dychwelyd i'w swyddi ar ôl pythefnos yn ymlacio yn Ne Ewrop, a'r di-waith yn gorfod dychwelyd i'r ciw ar ôl bod yn llenwi un o'r swyddi tymhorol niferus dros gyfnod yr haf. Yr henoed, ar y llaw arall, yw'r unig rai sy'n dal i grychu drwy'r flwyddyn. Pawb yn anhapus, a phawb yn teimlo'n flin wrth synhwyro bod y gaeaf ar ddechrau. Dyma'r cyfnod pan fo pobl yn cefnu ar y strydoedd ac yn paratoi eu nythod am y gaeaf. Yn storio bwyd, fideos, partneriaid, pop a pizzas.

Un bore Sul, a minnau â gormod o benmaenmawr i aros yn llonydd, penderfynais ymweld â Ger oedd yn byw yn yr ystafell i fyny'r grisiau.Gan ei bod yn fore Sul, gwyddwn na fyddai yn y dafarn.

Daeth Ger at y drws yn y man, yn gorff pitw wedi'i wisgo mewn pâr o bans coch a chrys-T gwyrdd. Roedd yn amlwg ei fod yntau wedi penderfynu gaeafu.

—O ti sy 'na, dywedodd yn gysglyd.

—Diolch am y croeso, atebais.

—Na. Sori. Ro'n i'n meddwl mai Tony a Frank oedd 'na. Weles i'r ddau neithiwr. Maen nhw'n mynd i alw rywbryd bore 'ma. Cynllun busnes newydd. Ta beth, dere mewn.

Roedd yn haws dweud na gwneud. Llyfrau, doedd dim ond llyfrau ym mhob man. Rhyw ddau gant o lyfrau mewn pentwr ar siâp bwrdd, cannoedd mewn pentwr ar siâp dreser fechan, a'r gweddill ar y llawr, gan adael llwybr bychan rhwng y gwely a'r gwresogydd nwy. Dychwelodd Ger i'w wely tra eisteddais innau ar ben Tennessee Williams, Gore Vidal a Marcel Proust. Gwenodd y tri.

—Ddywedais i fod holl lyfrau fy nhad gen i yn yr ystafell, yn do?

—Faint sy 'ma i gyd? gofynnais yn geg agored braidd.

—1282, ar ei ben!

Roedd golwg welw ar Ger. Roedd yn amlwg ei fod wedi bod yn gweithio oriau hir y tu ôl i'r bar yn yr Angel ers dod yn rheolwr rhyw ddeufis ynghynt.

—Shwt wyt ti? gofynnais yn bryderus.

—Uffernol, i fod yn onest. Sa i wedi gweld golau dydd ers saith wythnos. Rwy wedi cael llond bola ar fod yn *pit pony* i Elfed Oakes. Unwaith ga' i ddigon o arian, rwy'n mynd. I Sweden.

—Pam Sweden?

—Achos ma' 'da fi wallt brown. Ac mae gan bawb yn Sweden wallt melyn. Yn ôl pob sôn mae menywod Sweden yn dwlu ar fechgyn â gwallt brown. Oedodd, ac ochneidiodd. Ond wedyn sa i'n credu mai newid lleoliad yw'r ateb i mi, 'chwaith. Rwy'n credu 'mod i angen taith ysbrydol. Mae'r bywyd mewnol mor bwysig â'r un allanol.

Edrychais arno'n hurt. Ond roedd e wedi symud i sefyll o flaen y ffenestr, yn syllu allan drwy fudreddi'r gwydr. Aeth ymlaen i esbonio,

—Wyt ti wedi clywed y stori 'na gan athronydd Taoaidd o'r enw Chuang-tse? Y stori am ddyn o'r enw Chuang Chou? Un noson breuddwydiodd Chuang Chou mai pilipala oedd e. Pan ddihunodd o'r freuddwyd doedd e ddim yn siŵr os mai fe, Chuang Chou, oedd wedi breuddwydio ei fod yn bilipala, neu os mai pilipala ydoedd wedi bod yn breuddwydio ei fod yn Chuang Chou.

Trodd yn sydyn i'm hwynebu a gofyn,
—Am beth wyt ti'n 'i freuddwydio?

Meddyliais am eiliad cyn ateb, Pan rwy'n dihuno dwi ddim yn siŵr os mai rhacsyn yn byw mewn tref racs ydw i, neu rhacsyn yn byw mewn tref racs sy'n breuddwydio ei fod yn rhacsyn yn byw mewn tref racs. Dim newid. Realiti...

—Ac am beth wyt ti'n ei freuddwydio? gofynnais yn ôl.

Roedd Ger wedi troi ei gefn arnaf eto, a chymerodd rai eiliadau cyn iddo ateb, Dwi ddim yn breuddwydio o gwbl, dywedodd yn y diwedd.

—Falle nad wyt ti'n bodoli felly, dywedais gan deimlo alcohol y noson cynt yn troi yn fy stumog.

Yna daeth cnoc ar y drws. Edrychodd Ger a minnau ar ein gilydd. Pwy oedd yno? Y Medelwr Mawr? Pedwar marchog y datguddiad? Na, Ying a Yang y Gorllewin gwyllt, Tony a Frank Wright oedd yno.

—Dewch mewn, dewch mewn. Sut mae'r busnes stampiau? gofynnodd Ger wrth eu hebrwng mewn drwy'r drws.

—Mae hwnna wedi dod i ben, meddai Tony.

—Sylweddolodd Tony y byddai'n cymryd canrif a hanner cyn i ni ddechrau gwneud elw, ychwanegodd Frank

—A gan nad yw Frank wedi darganfod cyfrinach byw am byth, ry'n ni wedi rhoi'r ffidil yn y to, meddai'i frawd.

—Am y tro, meddai'r llall wedyn.

—Ac ar ben hynny, mae Pete wedi'n gadael ni. Wedi mynd. Symudodd e mas wythnos yn ôl i fynd i fyw 'da'i gariad.

—Melissa, poerodd Frank yn ffroenuchel.

—Ond ry'n ni'n dal i obeithio fydd e'n fodlon i ni fod yn asiantiaid iddo.

—Rhown ni fis iddo fe. Fydd e siŵr o fod wedi gorffen 'da hi erbyn hynny, neu wedi setlo lawr. Wedyn fe ofynnwn ni 'to...

—Beth yw'r syniad busnes newydd 'ma, 'te? rhoddodd Ger ei big i mewn, ac erbyn hyn edrychai'n flinedig ac yn awyddus i gael dychwelyd i'w wely.

Pesychodd Tony cyn ateb.

—Gwybodaeth, datganodd.

—Gwybodaeth?

—Gwybodaeth? Adleisiodd Ger a minnau yr un pryd.

—Gwybodaeth, ategodd Frank yn gadarn.

—Ac ry'n ni'n gwybod tuag at beth mae gwybodaeth yn arwain, yn dy'n ni, Frank?

—Odyn, glei. Gwybodaeth, Tony, yw grym.

Bu tawelwch.

—Esbonia, Frank, anogodd Tony.

Esboniodd Frank, Ry'n ni'n mynd i ddechrau cwmni o'r enw Gwybodaeth.com. Dyma'r syniad. Mae pawb o bryd i'w gilydd yn methu cofio rhyw ffaith bwysig. Pwy enillodd y Derby yn 1972? Pwy gurodd Sugar Ray Leonard i ddod yn bencampwr y byd yn 1980? Pwy oedd y cymeriad milain yn y ffilm *Barbarella*?

—Roberto, dywedais, gan ateb y cwestiwn cyntaf o'r tri.

—Roberto Duran, meddai Tony, gan ateb yr ail gwestiwn.

—Duran Duran, atebodd Ger y trydydd.

Aeth Tony ymlaen i esbonio ymhellach.

—Trifia! Dyna beth sy'n diddori pobl. Meddyliwch am yr holl ddadleuon sy'n digwydd yn y lle gwaith, mewn ysgolion, rownd y bwrdd swper, yn y gegin, ac yn enwedig mewn tafarndai. Mae Frank a minnau'n mynd i roi cyfle i'r cyhoedd gael atebion i'w cwestiynau. Byddwn yn ffynhonnell gwybodaeth!

—Ry'n ni'n mynd *on line*, datganodd Frank yn fawreddog.

—Ry'n ni wedi penderfynu manteisio ar fwlch yn y farchnad fyd-eang. Gwybodaeth.com fydd enw'r fenter newydd...

—Bydd y tâl yn dibynnu ar faint o ymchwil sy'n rhaid ei wneud, torrodd Frank ar ei draws.

—Pam y'ch chi moyn i fi fod yn rhan o'r busnes? gofynnodd Ger.

—Os mai gwybodaeth yw grym, gyda ti mae'r Exocets. Fe gei di fod yn ymgynghorydd i'r cwmni os cawn ni ddefnyddio dy lyfrau, gwahoddodd Tony.

—Yn ogystal mae Frank wedi bod yn llygadu merch sy'n gweithio yn y Llyfrgell Genedlaethol, a gyda tipyn bach o seboni fe gawn ni fenthyg llyfrau o'r lle.

Roedd y ddau yn llygaid eu lle. Mae'r byd yn llawn trifia. Operâu sebon sy'n esbonio i ni sut ddylen ni deimlo a byw, a rhaid i bawb gyfaddef mai ein prif destun trafodaeth erbyn hyn yw llwyddiannau arwyr y byd cerddoriaeth, chwaraewyr pêl-droed ac actorion.

—Trifia yw pob dim. Ac mae pob dim yn trifia. Wel? Edrychodd Tony ar Ger yn ddisgwylgar.

—Gadewch i fi feddwl am y peth, ochneidiodd hwnnw, gan syllu'n hiraethus ar ei wely.

—Cofia, meddai un brawd, Grym yw...

—Gwybodaeth, gorffennodd y llall ei frawddeg.

Ac i ffwrdd â'r ddau frawd gan drafod y cynllun.

—Mae Tony Wright yn un mewn miliwn, dywedodd Ger wrth gau'r drws ar eu holau.

—Paid â dweud hynny. Achos mae hwnna'n meddwl bod

chwe deg tri boi fel 'na'n bodoli ym Mhrydain ar hyn o bryd, griddfanais.

—Ti'n llawn cachu, meddai Ger wrth gropian yn ôl o dan y cwilt.

—Trifia yw'r gair. Trifia, atebais, a chwarddodd Ger am y tro cyntaf ers tro byd.

Pennod 13

ROEDDWN YN CERDDED yn gwbl ddiamcan ar hyd prif stryd y dref y bore Sadwrn canlynol. Stopiais yn stond. Ai Tony oedd hwnna yn chwifio'i freichiau'n wyllt ar waelod y stryd? Ie, wir, oherwydd yn ei ymyl safai Pelé, Escoffier a Tom, y tri gŵr doeth, gyda'u dwylo yn eu pocedi, a Frank yntau yn brysur yn cymryd arian oddi wrth y pedwar ohonyn nhw. Sylwais fod gan Frank gamera ar strap yn crogi rownd ei wddf. Yna, fel parti dawns, trodd y pump fel un i graffu'n fanwl ar grŵp o bobl ar yr ochr arall i'r stryd. Wrth i mi agosáu atynt gallwn eu clywed yn siarad.

—Dyn yn cario cês, meddai Pelé.

—*Je Suis Galloise*, meddai Escoffier.

—Ym... Y... Metallica, meddai Tom.

Saib. Trodd pawb i edrych ar Tony. Roedd ef yn dal i graffu lawr y stryd.

—Yr hen bidi, datganodd yn awdurdodol yn y diwedd.

Troais innau i weld beth oedd yn mynd â'u bryd ar yr ochr arall i'r stryd. Sylweddolais fod Pelé wedi cyfeirio at ddyn canol oed oedd yn brasgamu'n ddiffwdan i fyny'r stryd gan ochrgamu heibio pobl bob hyn a hyn. Gwisgai got wen hir a chariai gês lledr yn ei law dde. Edrychai yn syth ymlaen wrth gerdded, ac roedd yn amlwg yn berson a wyddai i ble roedd yn mynd. Tua deg llath o'i flaen cerddai dyn ifanc yn ddioglyd. Gwisgai grys chwys glas gyda'r logo '*Je Suis Galloise*'. Ar y blaen roedd crwt yn ei arddegau yn loncian i fyny'r stryd gyda Sony Walkman am ei ben; roedd y crwt, mae'n siŵr, yn chwarae'r math o

gerddoriaeth oedd yn cael ei hysbysebu ar ei frest –
Metallica. Yn y cefn, tua ugain llath y tu ôl i bawb arall
cerddai hen wraig oedd yn tynnu at oed yr addewid.

Ymlwybrai'r pedwar hyn i fyny'r stryd, ac wrth iddyn
nhw fynd ar eu taith fe'u dilynwyd ar yr ochr arall yn
araf bach â chamau ceiliog gan Tony, Frank, Escoffier,
Pelé a Tom – a minnau erbyn hyn.

—Beth sy'n digwydd? gofynnais i Tony.

—Rasio ceffylau dynol, atebodd yn isel gan gadw ei lygaid
ar y pedwar cystadleuydd yn y ras.

Rhaid esbonio. Ar y prynhawn arbennig hwn roedd y
bibell ddŵr wedi byrstio a gorfodi'r bwcis i gau, ac mewn
ymdrech i gael y *fix* arferol o'r cyffur gamblo pen-
derfynodd y pump chwarae rasio ceffylau dynol. Tony
oedd â chyfrifoldeb dros y ras hon.

—Beth yw'r rheolau, holais wrth i'r chwech ohonon ni
wylio'r dyn â'r cês yn gwibio heibio i *Je Suis Galloise*.

Esboniodd Tony fod pawb wedi rhoi pum punt yn y
pot ac yn dewis ceffyl yr un. Roedd y ceffylau yn dechrau
rhedeg o'r bin sbwriel wrth ymyl y Swyddfa Bost ar
waelod y stryd.

—Ry'n ni'n penderfynu hyd y ras. Hon yw ras hira'r dydd.
Milltir. Wyth *furlong*.

—Milltir?

—Dyw hi ddim yn filltir iawn; mae pob bin yn cynrychioli
un *furlong*. Felly y cyntaf i'r wythfed bin, hwnna sydd ar
dop y stryd, sy'n ennill. Ac os oes unrhyw amheuaeth mae
gan Frank Polaroid Instamatic i gymryd llun o'r *photo-
finish*.

—Ond beth sy'n digwydd os yw un o'r ceffylau yn mynd
mewn i siop, neu'n croesi'r stryd?

—Eu dewis hwy yw hynna. Yr unig reol yw mai'r cyntaf i

groesi'r llinell sy'n ennill. *First Past The Post*. Ac mae'r person sydd wedi rhoi arian ar y ceffyl hwnnw yn ennill cynnwys y pot… i gyd. Does dim modd rhoi *each way* gan mai dim ond pedwar sy'n rhedeg.

Wrth i'r dyn â'r cês dorri cwys drwy'r bobl ar y stryd roedd yn edrych fel petai Pelé am ennill y ras yn hawdd.

—Dere 'mla'n, 'machgen i, gwaeddodd Pelé.

Rhoddodd Tony ei fraich ar ysgwydd Pelé yn dadol.

—Nawr, nawr, Pelé. Ti'n gwybod y rheolau. D'yn nhw ddim i fod i wybod eu bod nhw mewn ras.

Nodiodd Pelé i ddangos ei fod yn deall. Ond parhaodd i sibrwd wrth i'r dyn frasgamu lan y stryd.

—*Hands and heels. Hands and heels*. 'Run peth â *Nijinsky* yn y Derby yn '71.

Ymlaen â'r ceffyl ymhell o flaen y gweddill. Yn sydyn pum llath o'r llinell stopiodd yn ei unfan, tynnodd fwndel o allweddi o'i boced ac agor drws ei Faestro cyn camu iddo ac eistedd yn sedd y gyrrwr. Eiliadau yn ddiwedd-arach roedd yn gyrru i lawr y stryd i'r cyfeiriad arall.

Roedd pen Pelé yn ei ddwylo. Dechreuodd wylo.

—Sa i'n credu'r peth. *Devon Locke* arall, ochneidiodd yn hunandosturiol.

Ond doedd dim amser i'w gysuro. Roedd Metallica'n agosáu at y llinell erbyn hyn, gan loncian yn rhythmig rai llathenni o flaen *Je Suis Galloise*. Yn sydyn stopiodd y ceffyl Ffrengig, a throdd ei drwyn i gyfeiriad Supersave. Doedd dim i rwystro Metallica rhag cipio'r wobr. Gwenodd Tom, ond diflannodd y wên yn gyflym pan ddechreuodd Metallica chwifio'i law ar ddau grys-T Guns 'n Roses ar yr ochr arall i'r stryd. Dechreuodd groesi'r hewl.

—Pam ddiawl nad o'dd e'n gwisgo *blinkers*, taranodd Tom wrth Pelé.

—Paid â becso, falle groesith e'n ôl nawr, cysurodd Pelé.

Ac yn wir cododd ysbryd Tom pan welodd Metallica yn ffarwelio â'i ffrindiau, ac yn ailosod ei Walkman ar ei ben, cyn dechrau croesi'n ôl i'r ochr arall.

Ond roedd yn amlwg nad oedd Metallica wedi gwrando ar gyngor dyn y *Green Cross Code* oherwydd ni edrychodd i'r dde nac i'r chwith nac i'r dde eto. Welodd e mo'r Vauxhall Nova yn gyrru tuag ato gyda'r breciau'n sgrechian tan iddo deimlo metel yn taro'i gnawd. Rhedodd pobl tuag ato, gan gynnwys Tom.

—Cwyd! Cwyd! Cwyd y diawl, gwaeddodd Tom yn ffyrnig gan gydio ym mraich Metallica a cheisio ei helpu i godi.

Gwthiwyd Tom o'r ffordd gan ffrindiau Metallica cyn i hwnnw godi'n sigledig ar ei draed. Siomwyd y dorf wrth weld nad oedd yr un diferyn o waed ar y tarmac, a cherddodd Metallica i lawr y stryd yn araf i gyfeiriad yr ysbyty.

—Se fe'n geffyl, bwled fydde 'i dynged e, mynegodd Tom yn chwerw gan ddweud y geiriau â surni person sydd wedi arfer colli mewn bywyd.

Erbyn hyn roedd yr hen wraig wedi cerdded heibio'r pumed bin, ond roedd yn amlwg bod ganddi'r *handicap* o orfod tynnu pwysau ei throli siopa y tu ôl iddi, a bod hwn yn ei harafu. Roedd yn dal ymhell ar y blaen er bod *Je Suis Galloise* wedi ailymuno â'r ras ar ôl gadael Supersave gyda llond llaw o eitemau ystafell molchi. Roedd y ceffyl Ffrengig yn symud yn rhwydd erbyn hyn gan gau'r bwlch rhyngddo a'r hen wraig. Erbyn y seithfed bin roedd *Je Suis Galloise* yn arwain ac Escoffier yn wên o glust i glust. Efallai mai hwn fyddai'r ceffyl cyntaf iddo fetio arno fyddai'n ennill ers i *L'Escargot* ennill y National yn 1975.

Yn anffodus i Escoffier roedd *Je Suis Galloise* yn

staliwn golygus, ac yn ymwybodol o hynny, ac mae ceffylau ifanc fel hwn yn dueddol o garu eu hunain. Pan fod un fel hwn yn cerdded ar hyd stryd sy'n llawn gwydr gwireddir chwedl Narcicuss. Bob hyn a hyn byddai'n sefyll i edrych ar adlewyrchiad ohono'i hun mewn gwydr, gan dwtio'i wallt fan hyn, symud ei grys fan draw, a throi ei drowsus gwarter modfedd i'r dde fan arall. Ac yn y cyfamser roedd yr hen wraig yn dal i gau'r bwlch yn araf bach.

Roedd Escoffier wedi sylwi bod ei geffyl yn addoli ei hunan.

—Dere 'mla'n, y pwff. Ti'n edrych yn iawn. Gad e tan wedyn, ysodd yn dawel wrtho'i hun.

Yna trodd yr hen wraig mewn i siop elusen Cancr a rhwbiodd Escoffier ei ddwylo gyda'i gilydd yn ffyddiog iawn ei fod am ennill. Llai na munud yn ddiweddarach gadawodd yr hen wraig y siop, ac roedd yn teithio'n gyflymach erbyn hyn. Roedd yn amlwg wedi cael gwared ar y rhan fwyaf o'i *handicap* yn y siop elusen. Wrth i'r ddau agosáu at yr wythfed bin roedd *Je Suis Galloise* yn arwain, drwyn o flaen yr hen fenyw pan welodd flonden siapus yn cerdded tuag ato. Arafodd i droi ei ben, a'i lygaid yn dilyn ei phen-ôl wrth iddi basio, a gwibiodd yr hen wraig heibio. Clic! o'r Polaroid Instamatic ac ymhen eiliadau roedd y llun wedi ei brosesu yn nwylo Frank. Yr hen wraig yn gyntaf, llathen a hanner ar y blaen.

—Ydw i'n cael rhywbeth am ddod yn ail? gofynnodd Escoffier, ond heb lawer o obaith yn ei lais.

Gyda chyffro'r ras wedi gorffen, cydgerddais gyda Tony a Frank i gyfeiriad y dafarn ar dop y stryd.

—Wrth gwrs, o'n i'n gwybod bod siawns go lew gan yr hen wraig, broliodd Tony.

—Sut? wfftiais.

—Astudio'r *form* o'r Grandstand ar yr ochr arall i'r stryd, atebodd Frank.

—Yn hollol, cytunodd Tony cyn ychwanegu, Mae hi'n byw yn yr un cartref hen bobl â Mam-gu. Mae'r hen wraig yn dianc i'r dre nawr ac yn y man gyda llond bag o ddillad pobl eraill sy'n byw 'na.

—Ac mae'n rhaid i'r nyrsys ddod i'r siop i ofyn am y dillad 'nôl, dywedodd Frank.

—Erbyn hyn mae'r bobl yn y siop elusen yn gwybod amdani ac maen nhw'n cadw'r dillad i'r naill ochr nes i'r nyrs ddod i'w mofyn. Ond bob tro mae hi'n dod i'r dre, mae hi wastad yn symud 'mla'n am whisgi bach i'r dafarn ar dop y stryd. Ro'n i'n gwybod y bydde hi'n para'r cwrs, eglurodd Tony.

—*Stayer,* ychwanegodd Frank.

—Yn hollol. Ac fel 'na ddigwyddodd hi, meddai Tony yn wên o glust i glust.

Pennod 14

AR ÔL TRI PHEINT yr un yn yr Angel, penderfynodd Tony a
Frank ei bod yn hen bryd iddyn nhw fynd i weld eu mam-
gu yng nghartref Bodlondeb, a chan nad oedd gen i
unrhyw beth arall i'w wneud fe benderfynais fynd gyda
nhw.

—Bydd yn rhaid i ni gerdded, meddai Tony.

—Beth yw hanes y Ford Cortina? holais.

—Dyw e ddim ar yr hewl? eto. Does dim arian 'da ni i roi
petrol yn y car, esboniodd Frank.

Felly dechreuon ni gerdded. Roedd y cartref hen bobl
rhyw filltir o'r dref, wedi ei adeiladu ar ddechrau'r
chwedegau mewn man tawel yng nghanol cefn gwlad.
Ers hynny, wrth gwrs, roedd y dref wedi tyfu ac erbyn
hyn roedd y caeau fu gynt yn wag yn llawn stadau tai.
Roedd rhyw gob hyd yn oed wedi newid yr enw ar arwydd
y cartref o Bodlondeb i Badlandeb oherwydd yr holl drwbl
a dwyn yn yr ardal. Hedd perffaith hedd.

—Beth sydd wedi digwydd i Gwybodaeth.com? gofynnais
wrth inni gerdded.

—Titanic o fenter, atebodd Frank.

—Roedd pawb yn gofyn cwestiynau twp, esboniodd Tony.

—Hollol hurt, ychwanegodd Frank.

—Pa fath o gwestiynau? gofynnais.

Atebodd y ddau fy nghwestiwn am yn ail, a sylwe-
ddolais fod y cyhoedd wedi credu mai jôc oedd eu menter
i ledaenu gwybodaeth.

—Pa mor hir yw darn o linyn?

—Pryd oedd Cymru?

—Pwy roddodd y ram yn ramalamdingdong?

—A phwy roddodd y bop yn bopshwopdibop?

—Faint o angylion sy'n medru dawnsio ar dop pin?

—*Ou sont les neiges d'antans?*

—*To be or not to be. Is that the question?*

—Cwestiynau heb atebion. Problem anodd, nodais.

—Yn hollol, cytunodd Frank.

—Rwy'n siŵr mai un o'r Samariaid oedd wrthi. Hen bethau cas y'n nhw. Maen nhw'n dial arnon ni am Pyb Ffrends. Ond allwn ni ddim profi hynny.

—Sdim ots. Fe feddyliwn ni am rywbeth arall cyn bo hir, cysurodd Tony ei frawd.

Wedi cerdded am dipyn fe droion ni oddi ar y brif hewl i lôn gul oedd yn ymestyn am ryw hanner milltir at gartref Bodlondeb. Ar yr hewl hon gwelwn y dail yn llenwi'r ffordd o'n blaenau. Roedd yn amlwg nad oedd llawer o bobl yn dod i ymweld â'u perthnasau. Fe fuon ni'n cerdded heb siarad am dipyn, gyda Frank yn arwain, a Tony a minnau'n dilyn o bell. Rhoddodd hyn gyfle i mi siarad â Tony. Penderfynais y byddai'n well trafod rhywbeth ysgafn, ac felly dechreuais sôn am ras olaf y prynhawn.

—Fe alle'r boi Metallica 'na fod wedi marw. Fe alle fe fod yn ddarnau bach ar hyd yr hewl, dywedais gan chwerthin.

Doeddwn i ddim yn disgwyl i Tony ymateb fel y gwnaeth. Stopiodd gerdded, a throdd i'm hwynebu.

—Beth wyddost ti am farwolaeth? Wyt ti wedi gweld person marw, wyt ti?

Pan ysgydwais innau fy mhen, aeth yn ei flaen,

—Taset ti'n gweld corff cyn i neb gael cyfle i drin yr wyneb fyddet ti ddim yn chwerthin am y peth. Mae'r wyneb yn sgrechian i aros yn fyw, i dynnu anadl arall...

Daeth y llif o eiriau i ben, ac roedd golwg ryfedd ar wyneb Tony.

—Sori. Ond fi ddaeth o hyd i 'nhad wedi marw ti'n gweld, a...

Tawelwch. Ailddechreuodd Tony gerdded, a dilynais ef.

—Roedd e'n eistedd yn ei hoff gadair, meddai Tony, mor ddistaw nes prin y gallwn ei glywed, ac roedd un o recordiau Frank Sinatra ar y chwaraewr recordiau yn troi rownd a rownd yn dawel.

Trodd ataf yn sydyn, a chwerwodd ei lais wrth iddo fy nghyhuddo. Pam wyt ti'n gwenu?

—Dim ond meddwl am farw yn sŵn Frank Sinatra, a'r gân yn aros yn fy mhen am byth, hyd dragwyddoldeb, baglais i esbonio.

—Syniad neis. Syniad pert. Wrth gwrs, ein bai ni, fi a Frank oedd marwolaeth ein tad, yr hwn sydd yn y nefoedd, dywedodd ac ymgroesodd fel petai'n Babydd.

A chyda hynny, aeth Tony ati i adrodd stori marwolaeth ei dad, Meirion Wright.

—Swydd fy nhad am dros ugain mlynedd oedd gyrru fan fara i Bacws Gwalia (*est*.1929) Cei Newydd. Fe oedd yn cludo torthau *wheatmeal*, *wholemeal*, Hofis, tartie 'fale a rhiwbob, cacennau hufen, a phacedi o Lincoln Greens i wragedd tŷ ar arfordir Ceredigion, o Synod Inn i Dalgarreg, o Bontshân i Gei Newydd.

Gan ei fod yn gweithio yn ardal y smotyn du Undodaidd doedd dim llawer o ots gan ei gwsmeriaid eu bod yn ildio i demtasiwn bob hyn a hyn, ac yn prynu cacennau hufen a danteithion eraill. Serch hynny, bara brown sych yn unig brynai'r Methodistiaid Calfinaidd yn ôl Tony.

—Rwy'n dal yn hoffi meddwl amdano fel arwr yr hewl, yn gyrru drwy gefn gwlad Ceredigion yn dod â hapusrwydd ar ffurf torth ffres i bobl o bob oedran. Yr uchafbwynt iddo fe oedd gaeaf 1962. Fe oedd y cynta i yrru drwy'r lluwchfeydd peryglus ar ben Banc Siôn Cwilt i sicrhau bod pobl yn cael eu bara beunyddiol. Alla i ddim gwylio ffilmiau fel *Wages of Fear* heb feddwl am Dad. Yn y ffilm mae'r arwr yn gyrru lorri llawn ffrwydron ar hyd hewlydd gwaethaf De America, ac yn cael ei groesawu gan bentrefwyr ym mhob man. Rwy'n gallu gweld Dad nawr yn cyrraedd pentref diarffordd yng nghanol gaeaf a phobl yn dod allan o'u tai i'w gyfarch, gan daflu eu hetiau i'r awyr a bloeddio 'Mae e 'ma. Mae Meirion Wright wedi llwyddo,' a Dad yn ateb, 'Gwyn ynte frown heddiw, Mrs Williams?' Wel, fel 'na rwy'n hoffi meddwl amdano beth bynnag!

—Does dim lot i'w ddweud am Mam. Fuodd hi farw beth amser ar ôl i Frank gael ei eni. Dad fagodd ni, ac fe wnaeth e hynny yn y ffordd orau alle fe, tan iddo farw yn 1979.

Er fy mod yn gallu dychmygu tad Tony yn gyrru ei fan ar hyd heolydd cul a thywyll, allwn i ddim deall sut arweiniodd at ei farwolaeth.

—Ond pam mai dy fai di a Frank oedd marwolaeth dy dad? holais.

—O ie, ro'n i'n dod at hynny nawr. Fel arfer, bob bore dydd Sadwrn fe fydden ni'n dau'n gwylio'r teledu tra bo Dad bant ar ei rownd. Fan'na fydden ni'n dau, yn troi o un sianel i'r llall, o'r *Multi Coloured Swap Shop* i *Tiswas*, ac fe fydde Dad wedi gadael potel o Tovali a phaced o fisgedi i ni. Wrth gwrs, erbyn deg o'r gloch roedd y cyfan wedi diflannu. Felly, fe benderfynon ni ddyfeisio ffordd o wneud iddyn nhw bara'n hirach. Ar ôl cnoi'r bisgedi am

ychydig nes eu bod yn feddal, fe fydden ni'n poeri'r cwbl
mas a'u rhoi rhwng dwy fisged arall, a dyna ti, y frechdan
digestif gyntaf erioed.

—Bob bore dydd Sadwrn wedyn, tra oedden ni'n gwylio
Play Rugby gyda Ray Williams fe fyddai'r ddau ohonon
ni'n gwneud pedair neu bump o'r brechdanau hyn, ac yn
eu bwyta wrth wylio *World of Sport*. Ta beth, daeth Dad
adre'n gynnar rhyw ddiwrnod a heb feddwl fe ddech-
reuodd fwyta un ohonyn nhw, a gwaetha'r modd roedd
e'n meddwl eu bod nhw'n flasus dros ben. Wedi i ni
gyfaddef sut aethon ni ati i'w cynhyrchu fe driodd e wneud
rhai ei hunan, ond gan ei fod e'n smygwr trwm doedd y
pethau ddim yn blasu'n dda o gwbwl.

—O hynny 'mlaen roedd yn rhaid i fi a Frank godi awr yn
gynt ar fore Sadwrn i wneud brechdanau digestif, ac fe
fydde Dad wedyn yn gwerthu'r rhain ar ei rownd. 'Os nad
yw'r llygad yn gallu i weld e, dyw'r stumog ddim tamed
callach' fydde fe'n ei ddweud wrth adael gyda'r trysorau
mewn bocsys bach pert bob bore dydd Sadwrn.

Roeddwn yn teimlo braidd yn sâl erbyn hyn, ond
mentrais ofyn, Ond beth sydd 'da hyn i gyd i wneud â
marwolaeth dy dad?

—O ie, ro'n i'n dod at hynny nawr. Ta beth, roedd y
brechdanau hyn yn llwyddiannus iawn, ac roedd yn
golygu bod Dad yn cael arian ychwanegol yn ei boced ar
ddiwedd pob rownd dydd Sadwrn. Daeth dechrau'r
diwedd pan ysgrifennodd rhyw fenyw fusneslyd o'r enw
Emily Jones lythyr at Rowntrees Mackintosh yn gofyn
beth oedd cynhwysion y danteithion hyn. Yn sgil y llythyr
anfonodd Mr Rowntree a'i gyfaill Mackintosh arolygydd
i gael cipolwg ar y sefyllfa fisgedol yng ngorllewin Cymru.

—Yn naturiol, ceisiodd Dad ddadlau ei fod yn defnyddio

Kenwood Chef i wneud y bisgedi, ond collodd ei swydd beth bynnag am ddefnyddio'r rownd fara ar gyfer gwneud elw personol. Wnaeth e byth adennill ei hunanhyder ar ôl hyn, ac am chwe mis bu'n eistedd yn ei gadair freichiau yn gwrando ar Sinatra ac yn yfed. Dyna ble roedd e, yn farw, pan gyrhaeddais i adre o'r ysgol ar y nawfed o Fai, 1979.

—Falle fydde fe'n dal yn fyw oni bai fod Frank a fi wedi dyfeisio'r rysáit newydd. Cofia di, falle fydde fe'n dal yn fyw oni bai i'r fenyw fusneslyd 'na ysgrifennu at y cwmni. Ta beth, fe symudon ni'n dau i fyw gyda Mam-gu yn y dre, a dyna ble fuon ni tan i ni symud ddwy flynedd yn ôl i dŷ cyngor, a dyna pryd aeth Mam-gu i fyw i gartref Bodlondeb. Dim ein syniad ni oedd hwnna cofia, hi fynnodd. Doedd hi ddim eisiau bod yn fwrn arna i a Frank. Mae'n dipyn o fenyw, Mam-gu...

A chyda hynny fe gyrhaeddon ni ddwy glwyd fawr cartref hen bobl Bodlondeb, a Frank yn eistedd yn amyneddgar wrth y clwydi yn aros amdanon ni.

Pennod 15

PWYSAI RHEOLWR y cartref hen bobl yn ôl yn hamddenol yn ei sedd. Roedd ei sbectol ffrâm arian yn sgleinio yn yr haul, gan ddallu'r tri ohonon ni oedd erbyn hyn yn eistedd ar draws bwrdd gyferbyn ag ef. Roedd ganddo wên gawslyd, ac roeddech yn teimlo ei fod yn credu bod golau'r haul wedi trafaelu naw deg tri miliwn o filltiroedd yn un swydd i sgleinio ar ei sbectol ef. Dechreuodd siarad.

—Roeddwn i eisiau cwrdd â chi ers tro Mr Wright a Mr Wright... neu Anthony a Francis os ga i fod mor...

—Fe wneith Mr Wright a Mr Wright y tro yn iawn, torrodd Tony ar ei draws yn swta.

—Digon teg. Ond pa un yw pa un? gofynnodd y rheolwr, gan barhau i wenu, er bod yr ymdrech i wneud hynny yn amlwg yn un galed.

—Fi yw Mr Wright, meddai Tony.

—A fi yw Mr Wright, meddai Frank.

Roeddwn yn dechrau mwynhau fy hun erbyn hyn. Fel petai'n synhwyro hynny trodd i siarad â fi.

—A ga' i ofyn beth sy'n dod â chi i gartref Bodlondeb, Mistar?... Mistar?...

—Mae e ma fel 'consigleri' i'r teulu, atebodd Tony ar fy rhan, er mawr rhyddhad i mi.

—Ie, 'consigleri', adleisiodd Frank, er na wyddai'n iawn beth oedd ystyr y gair.

—A! Cyfreithiwr. Da iawn. Fel rydych chi'n sylweddoli, mae'n siŵr, fi yw rheolwr newydd Bodlondeb ar ôl i Mr James... wel, ar ôl i'r straen fynd yn ormod iddo...

Bu'r hanes yn y papur lleol. Roedd cyn-reolwr y cartref, sef Mr James, wedi cyhoeddi datganiad yn y wasg wedi i'r cwmni oedd yn rhedeg y cartref, sef y llywodraeth hynny yw, 'ofyn i bobl oedd heb arian i dalu am eu lle adael i gael gofal yn y gymuned'. Yn fuan wedi hynny cyhuddwyd Mr James o wylio hen fenywod yn matryd, ac fel y dywed y bardd cafodd bensiwn hael a nerfau rhacs. Roedd Mr Moelwyn Lewis y Trydydd, y rheolwr newydd, wedi bod yno ers deufis.

—Wrth gwrs ry'n ni wedi cael llawer o... wel, sylw negyddol yn ddiweddar, a theimlo yr oeddwn i mai da o beth fyddai rhoi cyfle i bawb sydd â pherthnasau sy'n westeion yma i weld sut mae'r system yn gweithredu, esboniodd Moelwyn Lewis.

Roedd yn amlwg eu bod yn arbrofi â dull newydd o 'ofalu' am yr henoed, a'u bod wedi dewis eu dyn 'cysylltiadau cyhoeddus' gorau ar gyfer y gwaith o berswadio'r cyhoedd bod y diwydiant hen bobl mewn dwylo da.

Dechreuodd Moelwyn Lewis y Trydydd ar ei araith, ac edrychai fel Joseff Goebbels ar ei orau.

—Os ca' i ddwy funud o'ch amser, gyfeillion, fe wna i esbonio athroniaeth Bodlondeb Cyf.

—Bodlondeb Cyf.! Ro'n i'n meddwl mai'r Cyngor oedd yn rhedeg y lle 'ma! torrais ar ei draws.

—Digon gwir, digon gwir, atebodd yntau'n llyfn. Ond ers i mi gael fy apwyntio rwy' wedi ceisio mabwysiadu rhai o syniadau'r farchnad, i blethu, fel petai, gyda rhai o'r dulliau traddodiadol... Nawr, os ca' i ddechrau... Diolch. Yn y gorffennol mae cartrefi hen bobl wedi cael eu hystyried fel llefydd i gael gwared ar hen bobl o'r gymuned am y cyfnod byr sydd ganddyn nhw ar ôl ar y ddaear cyn eu bod nhw'n mynd i'r Nefoedd Cyf. Rydyn ni'n amcangyfrif bod person ar ei orau yn gorfforol ac yn feddyliol pan ei fod yn bedwar deg oed. Wedi hyn, ry'n ni'n dirywio'n raddol, ac yn y pen draw yn cyrraedd cyfnod o ail blentyndod.

Sgwariodd Lewis ei ysgwyddau, a mynd ati i esbonio ymhellach, Meddyliwch am eich plentyndod. Yn gyntaf, wrth gwrs, ry'ch chi'n fabanod, wedyn yn cyrraedd amser pan fyddwch yn dechrau dangos diddordeb yn y byd o'ch cwmpas, ac yn olaf y cyfnod pan fyddwch yn diddori mewn mwy o bethau, ac wrth gwrs, y rhyw arall. Mae henaint yr un peth, ond ei fod yn gweithio tuag yn ôl. Felly, rydyn ni yn Bodlondeb Cyf. wedi penderfynu rhannu hen bobl yn dri chategori: y babanod, y *juniors*, a'r *highs*.

Daeth araith Lewis i ben. Llamodd o'r gadair, agor drws ei swyddfa, ein hwpo drwyddo a'n harwain i lawr coridor at ddrws arall.

—Rwy'n credu y cewch chi'ch siomi ar yr ochr orau, dywedodd wrth agor y drws hwnnw.

Ar amrantiad, daeth bloedd o gerddoriaeth i frifo'n clustiau. Aethom i mewn i'r ystafell, a thrwy dywyllwch yr ystafell sylwais fod y gerddoriaeth yn tarddu o beiriant yn y gornel. Roedd goleuadau'n fflachio, a gallwn weld tua ugain o hen bobl yn dawnsio. Roedd y menywod wedi ymbincio, a'r dynion yn gwisgo crysau chwys. Mewn un cornel roedd dyn yn gafael yn dynn mewn menyw, a'r ddau yn syllu i lygaid ei gilydd.

—Edrychwch! Edrychwch. Ydych chi'n gweld pa mor hapus ydyn nhw? gwaeddodd y rheolwr dros y dwndwr.

Safai Tony a Frank yno'n geg agored.

—Esgusodwch fi, rwy'n meddwl fy mod i'n nabod rhywun draw fan'na, dywedais yn syn, gan groesi'r llawr at y peiriant cerddoriaeth.

—Gelli di godi o fan'na nawr, rwy wedi dy weld, gorchymynnais, a chododd y Parchedig Ian yn araf.

—Sori am drio cwato, meddai hwnnw'n lletchwith ac yn swil i gyd, ond mae gweithio fan hyn braidd yn ddiraddiol, rhaid i ti gyfaddef.

Esboniodd y Parchedig ei fod wedi cael swydd yn Bodlondeb Cyf. oherwydd ei fod wedi bod yn y coleg gyda'r rheolwr, ac roedd hwnnw wedi ei gyfarfod ar y stryd rhyw bythefnos ynghynt a gofyn iddo ddod i'r cartref i gynnal disgo.

—Does dim gwaith dysgu wedi dod y tymor hwn eto. Mae'r athrawon yn cadw'n iach iawn gwaetha'r modd, ac mae'n amser caled o'r flwyddyn i athrawon cyflenwi. Dim ond ar ôl wythnos tato maen nhw'n dechrau mynd yn sâl, ac roedd y bil am drwsio'r casio yn anhygoel o uchel. Ac rwy'n caru nawr, felly mae pethau'n dynn iawn ar—

—Pwy yw'r fenyw lwcus? gofynnais.

—Honna wnes di gwrdd â hi yn y Cnapan. Os enilla i ddigon o arian rhwng wythnos tato a'r Nadolig ry'n ni'n gobeithio symud bant cyn gynted ag y bydd hi wedi bennu yn y... yn y coleg. Ac fe ga' i fwy o amser i gwpla'r llyfr.

—Am bwy wyt ti'n ysgrifennu nawr? gofynnais.

—Jerry Lee Lewis. Mae'n rhan ganolog o'r llyfr...

Sylwais fod Moelwyn Lewis yn arwain Tony a Frank o'r ystafell, a phenderfynais ffarwelio â'r Parchedig am y tro ac ailymuno â nhw.

Roedd Lewis wedi dechrau ar araith arall, Rydyn ni hefyd yn bwriadu adeiladu Solariwm a champfa i gadw'r hen bobl yn heini...

—O ble gewch chi arian? gofynnodd Tony a'i lygad yn ôl

ei arfer ar y geiniog.

—Y Loteri Genedlaethol. Yn ffodus iawn rwy'n adnabod person sydd ar un o'r byrddau grantiau. Gwenodd Lewis wrth ddweud hyn, fel dyn oedd yn gwybod bod ganddo hawl i dwyllo'r system gyfalafol.

—Fel y gwelsoch mae pobl o bob oedran yn dal i allu dangos eu teimladau emosiynol a rhywiol, dywedodd wrth inni symud ar hyd coridor arall.

Yn sydyn agorodd drws ar y dde i ni a ffrwydrodd nyrs ganol-oed allan o'r ystafell gan redeg fel cath i gythraul i lawr y coridor yn sgrechian nerth ei phen. Daeth hen ddyn bach tew ar ei ddyblau'n chwerthin i sefyll wrth ddrws yr ystafell.

—'Drychwch! 'Drychwch ar y pen-ôl bach tew 'na'n siglo! Hi, hi, hi! chwarddodd, gan ddal ei fola gyda'i ddwy law oherwydd ei fod yn chwerthin cymaint.

—Prynhawn da, William, siarsiodd Lewis mewn llais prifathro.

Rhewodd y dyn bach fel delw pan sylwodd mai Moelwyn Lewis a safai yno, a symudodd ei law chwith i lawr i amddiffyn ei geilliau.

—S... sori, Mr Lewis. D'on i ddim yn meddwl bod yn ddrwg... dywedodd yn ofnus ac awgrym o atal-dweud arno.

—Fe wela i chi yn fy ystafell am chwech o'r gloch, William, gorchmynnodd Lewis yn fygythiol.

Trodd y dyn bach a dychwelyd i'w ystafell, ei ben yn ei blu. Newidiodd tôn Lewis wrth iddo droi atom ni a pharhau â'i araith.

—Mae William ar fin cael ei drosglwyddo i ddosbarth y babanod, esboniodd yn nawddoglyd. Dewch imi gael dangos beth mae hyn yn ei olygu, meddai gan ein harwain ni at ffenestr.

—Awn ni ddim mewn, rhag ofn inni ddychryn y plant, dywedodd.

Drwy'r ffenestr gallwn weld grwpiau o bobl, rhai mewn cadeiriau olwyn, rhai yn sugno'u bysedd, rhai yn chwarae â doliau. Allwn i ddim dioddef edrych a throis fy mhen i ffwrdd.

—Wel, beth ydych chi'n meddwl o'r system? holodd Lewis yn frwd.

Allwn i mo'i ateb.

—Ble mae Mam-gu? gofynnodd Tony a Frank ar yr un pryd.

—A!... Mrs Wright. Nawr, mae hi'n aelod o gategori arall, a dwi ddim wedi sôn am y rhain eto. Mae'n dal yn rhan o fy namcaniaeth bod rhaid cael grŵp fel hyn. Rhyw fath o is-ddiwylliant gwrthryfelgar, fel y Skinheads neu Punks falle. Mae hi'n gymeriad diddorol dros ben, nododd Lewis yn ddifrifol, fel gwyddonydd yn trafod sbesimin, ac eto roedd tinc o nerfusrwydd yn ei lais. Ie, mae'r rhain yn gategori... mmm... diddorol iawn.

Wedi i ni gyrraedd prif ystafell derbyn ymwelwyr y cartref gwelsom grŵp o bobl yn eistedd mewn cornel yn sibrwd yn gabalistaidd. Ni symudodd Lewis gam ymhellach, ac edrychai'n nerfus iawn erbyn hyn.

—A... mmm... fe'ch gadawa i chi nawr, rwy'n credu. Ie, ewch i weld eich mam-gu, a mwmiodd rywbeth am waith swyddfa cyn troi ar ei sawdl yn gyflym a diflannu i ddiogelwch ei swyddfa.

—Beth oedd y pwrs 'na moyn? gwaeddodd Mrs Wright yn herfeiddiol o gornel yr ystafell.

*   *   *

Cafwyd trafodaeth frwd am dros ugain munud. Bu Tony a Frank yn awgrymu, begian, ac yn y diwedd yn bygwth eu mam-gu er mwyn ceisio ei gorfodi i adael y cartref. Roedd hi'n mynnu aros, ac yn dadlau y gallai wneud hynny gan mai ei harian hi oedd yn talu am ei lle, ac nid arian Tony a Frank.

—Ond mae'r Lewis 'na'n wallgo, mynnodd Tony.

—Dwlali, ychwanegodd Frank.

—Os felly, pam fod pawb ohonon ni'n cytuno i wneud popeth mae'n ddweud wrthyn ni? gofynnodd Mrs Wright yn graff.

—Am eu bod nhw i gyd yn wallgo, wfftiodd Tony.

—Dwlali, ychwanegodd Frank.

—Wyt ti'n awgrymu 'mod i a fy ffrindiau yn wallgo hefyd? gofynnodd Mrs Wright.

—Dwlali, dywedodd Frank.

—Cau dy geg, Frank, brathodd Tony.

—Ie, cau dy geg, Frank, arthiodd Mrs Wright hithau.

—Na, sa i'n credu eich bod chi'n wallgo, ond sa i'n credu eich bod chi'n saff 'ma chwaith, ceisiodd Tony ei ddarbwyllo.

—Rwyt ti'n wallgo yn dweud y fath beth, meddai'r hen ddynes.

—Dwlali, ychwanegodd Frank.

—Gwrandewch arna i, wnewch chi'r cryts bach. Rwy wedi gweithio'n galed ar hyd fy oes, ac os mai fan hyn rwy ishe bod nawr, fan hyn fydda i. Falle fod Lewis yn dwlali, ond mae'n dwlali yn ein byd bach *ni*. Ewch chi i fyw gyda'r dynion gwallgo mas fan'na, rwy'n hapus gyda'r rhai sy mewn fan hyn. Ta beth, mae 'da fi reswm arall dros aros nawr...

Wrth edrych drwy'r ffenestr gwelwn y Parchedig yn gadael yr adeilad wedi sesiwn ddisgo arall gyda'r henoed. Penderfynais adael y tri i ddadlau, a mynd allan i gael gair gydag ef am y dihiryn Moelwyn Lewis.

Wrth adael clywais Mrs Wright yn esbonio wrth Tony a Frank,

—Mae dau westai newydd wedi cyrraedd, ac ry'ch chi'n adnabod un ohonyn nhw.

*   *   *

—Rwy wir yn credu nad yw Lewis yn gall, dywedodd y Parchedig wrth i'r ddau ohonom gerdded ar hyd y lôn i'r dref drwy'r hanner gwyll.

—Beth yw ei hanes? gofynnais.

—Mae e tua'r un oedran â fi, ac yn anffodus roedden ni yn y coleg yr un pryd. Drama oedd ei bwnc e, hynny yw ar ôl iddo gael ei ddiarddel o'r adrannau Cymdeithaseg a Seicoleg. Wedi iddo gael gradd fe wnaeth e gwrs ymarfer dysgu. Ond wnaeth e ddim para'n hir ym myd addysg. Roedd yn awyddus i ennill ym mhopeth a wnâi, ac mae stori amdano, rhywbeth i wneud â rhyw dîm dawnsio gwerin oedd yn cystadlu yn erbyn ei dîm ef yn cael 'damwain'...

—Sut yn y byd gafodd e swydd yn rheoli cartref hen bobl, 'te? gofynnais.

—'Run ffordd ag y mae naw deg y cant o'r Cymry yn cael swyddi. Cysylltiadau. Chwarddodd y Parchedig yn chwerw wrth ddweud hyn.

O'r diwedd fe gyrhaeddon ni waelod y dref.

—Rhaid i fi dy adael di fan hyn. Ma' 'da fi dêt gyda Lauren, ac rwy'n hwyr yn barod, dywedodd, ac i ffwrdd ag ef.

Cerddais innau wrth fy mhwysau ymlaen i'r dref. Dechreuodd y glaw mân ddisgyn yn dawel gan ddod ag awyrgylch heddychlon a thangnefeddus hyd y dref. Cerddais heibio i'r Angel, a heibio siop Joe Coral a siopau eraill oedd yn dywyll i gyd erbyn yr adeg hon o'r nos. Wedi i mi droi lawr un o'r strydoedd cefn a phasio'r siopau yswiriant a têc-awê, dechreuodd fwrw'n drymach, a chwiliais am gysgod dan fondo siop drydanol a gwerthwyr teledu.

Edrychais ar y sgriniau, a'r glaw yn pistyllio i lawr y tu ôl i mi. Gwenodd pymtheg Michael Barrymore arnaf, ac am y tro cyntaf yn fy mywyd gwenais yn ôl. Ond nid gwenu oherwydd giamocs y dyn ar y sgrin oeddwn i, ond oherwydd yng nghefn y siop gwelwn ddyn hynod o denau gyda Hoover yn brysur wrth ei waith. Roedd ganddo fwstás mawr du dramatig a gwallt hir arian – a'r ddau yn amlwg yn ffals. Gwisgai got Umbro las a byddai'n stopio bob hyn a hyn i roi cic i'r Hoover. Dawnsiai'r glanhäwr rhwng y setiau teledu, yr Hi-fi's a'r fideos fel cymeriad mewn gêm gyfrifiadurol. Dyma yn wir Sonic y glanhäwr, neu yn hytrach glanhäwr yr Angel – Stone.

Pan ddiffoddodd yr Hoover, cnociais innau ar y ffenestr. Roedd ei wyneb yn dangos ei fod yn falch o'm gweld, a chododd pum bys a phwyntio at y dafarn ar yr ochr arall i'r stryd.

Bum munud yn ddiweddarach roedd y ddau ohonom yn eistedd wrth fwrdd yn y dafarn ble bûm i a Ger yn yfed rhyw dri mis ynghynt. Sylwais fod plac newydd ar y wal, ac yfwr arall wedi mynd i'r bragdy mawr yn y nen. Roedd Stone yn amlwg mewn hwyliau siarad.

—Roedd y fenyw drws nesa'n perfformio yn y pantomeim Nadolig llynedd. *Cinderella*. Ti'n gwybod, yr un am y ferch sy'n glanhau drwy'r amser! Blydi eironig. Roedd ei gŵr yn chwarae rhan Baron Hard–up, blydi eironig eto. Ta beth, fe ges i fenthyg y wig a'r mwstás ganddyn nhw.

—Ond pam wyt ti'n eu gwisgo? gofynnais.

—Dyw hi ddim yn hawdd gweithio a derbyn dôl, yn enwedig mewn tref fach fel hon. Os wyt ti'n glanhau, yn enwedig mewn swyddfa neu siop insiwrans, rwyt ti'n gorfod gweithio rhwng hanner awr wedi saith a hanner awr wedi wyth y bore. A dyna pryd mae'r diawlied sy'n gweithio yn y Swyddfa Waith yn cyrraedd eu gwaith. Y peth diwetha ro'n i ishe oedd cael rhyw ddiawl yn gyrru heibio a 'ngweld i wrth fy ngwaith, a finnau'n gorfod dweud wrthyn nhw hanner awr yn ddiweddarach 'mod i heb weithio ers pythefnos. Felly mae'r wig a'r mwstás yn gwneud y tro i'r dim.

—Ond pam wyt ti'n eu gwisgo ar nos Sadwrn? gofynnais mewn penbleth.

—On'd yw'r diawlied mas ar y cwrw? Maen nhw wedi cael cymaint o lond bola gyda'u gwaith yn ystod yr wythnos fel eu bod nhw'n mynd yn wyllt ar nos Sadwrn. Rwy wedi'u gweld nhw'n cael golwg slei arna i wrth basio'r siop yn feddw ar nos Sadwrn. Maen nhw'n gweld dyn gyda gwallt a mwstás arian, ac yn penderfynu nad y'n nhw'n fy nabod. A dweud y gwir wrthot ti, yr unig job rwy'n teimlo'n saff i wneud ar hyn o bryd yw glanhau'r Angel. Mewn tafarn rwyt ti'n gweithio mewn lle ble mae'r llenni ar gau rhwng un ar ddeg y nos ac un ar ddeg y bore, yr oriau pan fydda i'n glanhau. Sa i'n dwp, ti'n gwybod. Peint bach arall?

Dychwelodd ymhen munudau gyda dau beint yn ei law.

—Rwy wedi penderfynu rhoi'r gorau i weithio yn yr Angel,

i fod yn onest. Ges i gynnig dwy swydd arall, llawn amser, ond sa i'n siŵr pa un i'w derbyn.

—Yn ble? gofynnais.

—Mae un ohonyn nhw yn y Swyddfa Waith. Ble gwell i mi weithio? Reit dan drwynau'r diawlied, meddai Stone â gwên lydan.

—Rwyt ti'n wallgo, dywedais wrtho gan ysgwyd fy mhen.

—Na, jest dwlali, atebodd, a'i wên yn lledu hyd yn oed yn fwy.

Pennod 16

Y BORE SADWRN CANLYNOL, wythnos yn ddiweddarach, roedd y brif stryd yn weddol lawn, gyda phobl yn gwau trwy'i gilydd – rhai yn ymlwybro'n hamddenol, eraill ar ryw frys ofnadwy i gyrraedd pen eu taith. Roeddwn innau wedi cwblhau fy siopa am wythnos arall, ac wrth i mi gerdded ling-di-long sylwais fod rhywun cyfarwydd yn sefyll gyferbyn â mi ar yr ochr arall i'r ffordd.

Safai mewn man delfrydol, oherwydd o'i safle ar waelod y dref gwelai bobl oedd yn ymgasglu'n grwpiau ar fore Sadwrn cyn mynd am goffi i drafod anturiaethau'r noson cynt. Yno hefyd roedd meinciau lle'r eisteddai pobl i wylio'r byd yn mynd heibio. Ond ar ddydd Sadwrn, dyma'r man lle roedd pobl hefyd yn ymgasglu i godi stondinau ar gyfer achub y byd. Heddiw roedden nhw'n casglu enwau ar ddeiseb fyddai'n cael ei hanfon yn y pen draw at lywodraeth Siapan i brotestio am ladd morloi, ond mewn gwirionedd yr un bobl oedd yno bob wythnos i gasglu'r enwau. O gefnogi Nicaragua i atal hela, o Ddeddfau Iaith i hawliau sifil mewn gwledydd yn Asia, yr un casglwyr oedd yno bob amser.

Yn eu plith y tro hwn serch hynny roedd Pete, a daliai yn dynn yn Melissa, y ferch fu'n gweithio ar y stondin hufen iâ. Croesais y stryd i ymuno â nhw.

—Wyt ti ishe fy llofnod? gofynnais, a chymryd y papur o'i ddwylo a'i farcio gyda fy x arferol.

Cyn i mi gael cyfle i wneud ffŵl ohono o flaen ei ffrindiau newydd roedd Pete wedi fy arwain at gaffi cyfagos am goffi. Cerddai'n sionc ac roedd yn edrych yn hynod o iach. Roedd wedi colli pwysau, wedi torri ei wallt, a gwisgai ddillad taclus.

—Tair stôn a hanner mewn mis a hanner, broliodd wedi i ni eistedd wrth fwrdd yn y caffi. Deiet o fwydydd iach a digon o ymarfer corff.

—Ymarfer corff? Alla i ddim dychmygu… dechreuais gan godi fy aeliau.

—Dychmygu beth? gofynnodd yntau'n sych.

Penderfynais newid y pwnc.

—Rwy'n clywed dy fod ti wedi symud i fyw 'da hi.

—Do, achan. A Melissa yw ei henw 'hi'. Ers bron i fis nawr. Ro'n i wedi cael llond bola ar antics Tony a Frank. Doedden nhw ddim yn sylweddoli 'mod i ddim ishe bod yn ddigrifwr rhagor. Ac fel mae'r Bwdist yn ei ddweud, mae dyn yn hapus pan nad oes angen dim arno. Mae gen i bopeth rwy ishe. Rwy wedi cael Melissa.

—Bwdist yw Melissa, 'te? prociais, eisiau gwybod mwy am y fenyw anhygoel hon oedd wedi newid Pete mewn cyfnod mor fyr.

—Na. Mae Melissa'n cymryd y syniadau gorau o bob athroniaeth, a chreu athroniaeth newydd ei hun. Wnes i ddim cwrdd â neb tebyg iddi erioed. Gwneud ymchwil mewn seicoleg a chymdeithaseg y mae hi, nawr bod y stondin hufen iâ ar gau. Mae hi'n ysgrifennu traethawd ar sut mae pobl yn ymddwyn ar eu gwyliau. Ble gwell i wneud hyn nac mewn stondin hufen iâ? Arolwg uniongyrchol yw'r term cywir am y math 'ma o beth.

—Rwy'n hapus i weld dy fod ti'n hapus, meddwn.

—O rwy'n hapus iawn. Yn hapus iawn.

*   *   *

Wedi i Pete ddychwelyd at ei gariad bûm yn crwydro'r strydoedd am beth amser tan iddi ddechrau bwrw glaw yn drwm. Penderfynais chwilio am gysgod, a lle gwell i wneud hynny am hanner dydd ar brynhawn dydd Sadwrn na thafarn yr Angel.

Wrth gerdded drwy ddrws y dafarn sylwais fod nifer o amlenni ar y llawr. Wedi codi'r rhain cerddais i'r bar cefn, gan gyfarch bawb yn y bar blaen wrth fynd heibio.

—Diolch, meddai Ger wrth gymryd y cymysgedd o filiau, llythyron banc a sbwriel. Wyt ti wedi clywed y newyddion diweddara? Yn ogystal â'r gwaith bar, fi sydd hefyd yn glanhau nawr.

—Beth ddigwyddodd i Stone? holais.

—Mae e wedi derbyn swydd newydd. Daeth e draw bore 'ma i ddweud ei fod yn gadael gan fod ganddo swydd lawn-amser. Pymtheg awr y dydd. Rwy wedi fy llabyddio, ochneidiodd yn flinedig ac yn ddramatig.

—Wyt ti wedi cael rhywun i lanhau yn ei le? gofynnais â diddordeb personol.

—Naddo.

—*Cash in hand*?

—Wrth gwrs. Wna i drafod e gydag Oakes pan ddaw e'n ôl.

—'Nôl o ble?

—Y Maldives. Gwyliau golff…

Felly a minnau wedi derbyn swydd glanhäwr yn un o brif dafarndai Gorllewin Cymru, penderfynais ymuno â'r cwsmeriaid wrth y bar. Yno roedd Pelé a Tom, y ddau'n gwenu'n braf, a'r ddau yn eu siwtiau gorau. Cyfarfod rasio ceffylau pwysig arall mae'n siŵr.

—Pwy fu farw? gofynnais gan wenu.

—Lenny Richards, atebodd y ddau ar yr un pryd.

—Pwy?

—Lenny Richards, ailadroddodd Pelé, gan edrych yn flin arnaf.

—Fyddet ti ddim yn ei adnabod, meddai Tom ychydig yn fwy graslon. Roedd e'n byw yn Eastbourne... neu ife yn Basingstoke?

—Eastbourne. Eastbourne. Eastbourne, mynnodd Pelé yn gas.

—Ie, byw yn Eastbourne ers dros ugain mlynedd nawr. Heblaw am rai cyfnodau yn Llundain, Manceinion a'r Isle of Wight.

—Rhyw fath o werthwr symudol oedd e, 'te? gofynnais yn ddiniwed.

Pesychodd Pelé, a bu bron i Tom dagu ar ei beint.

—Ie, rhywbeth fel 'na, crechwenodd Tom.

—Roedd Lenny yn yr ysgol 'da fi a Tom ac Escoffier, ac roedd e'n mynnu cael ei gladdu yn ei dref enedigol, esboniodd Pelé.

—Ble mae Escoffier nawr? gofynnais.

Gwnaeth Pelé arwydd a'i ben a symudais yn agosach. Dechreuodd esbonio absenoldeb Escoffier, y cogydd.

—Mae e wedi mynd i weld y cyfreithiwr gyda theulu Lenny. Mae'n debyg fod Lenny wedi gadael rhywbeth iddo yn ei ewyllys. Synnen i hwrdd nad yw e wedi gadael swm go net.

—Ac fe ddylai Escoffier gael rhywbeth hefyd, meddai Tom.

—Digon gwir. Roedden nhw'n ffrindiau agos pan oedden nhw'n blant. Roedd y ddau fel David a Jonathan, dywedodd Pelé.

—Y Dimbleby's ti'n feddwl? gofynnodd Tom.

Nid atebodd Pelé, dim ond edrych yn syn ar Tom.

Ar hynny dyma Bill Bombay yn cerdded i mewn am ei

ddiod wythnosol ar brynhawn dydd Sadwrn. Ceisiai pawb osgoi Bill gan ei fod yn siarad yn ddi-baid am ei orchestion yn yr Ail Ryfel Byd. Bu'n rhan o'r bedwaredd fyddin ar ddeg yn Byrma, neu'r *Forgotten Army*. Yn anffodus roedd Bill wedi penderfynu mai ei swyddogaeth mewn bywyd oedd atgoffa pawb amdanyn nhw, a gwneud yn siŵr na fyddai neb yn anghofio am fois Byrma tra byddai ef ar y ddaear hon. Wedi dweud hynny roedd gan Bill straeon diddorol: yr unig bethau all fy nghenhedlaeth i frolio amdanyn nhw yw concro merched ar drip Clwb 18–30, neu fuddugoliaeth ysgubol mewn gêm o pŵl.

—Grog, stiward, os gwelwch yn dda, gwaeddodd Bill. Daeth Ger drwodd atom o'r bar cefn.

—Rwy wedi cael bore caled, yn arwyddo ffurflenni, ochneidiodd Bill.

—Arwyddo beth? gofynnodd Ger wrth iddo estyn rym mawr i Bill.

—Arwyddo deiseb i'w hanfon at lywodraeth Siapan. Sa i'n siŵr beth oedd y ddeiseb, ond wna i rywbeth i frifo'r Japs. Wyth deg chwech tro fues i'n ôl 'na, ac fe arwyddes i enw gwahanol bob tro. Enwau'r bois o'dd wedi marw mas fan'na...

Ac fe fyddai Bill wedi cario 'mlaen â'i stori oni bai iddo sylwi bod ei wydr yn wag.

—Wyt ti'n galw hwnna'n rym mawr? Rho un arall mewn 'na nawr, wir Dduw. *And that's an order*! Ro'n i'n cael mwy na hyn pan o'n ni lawr i'r rashiwn ola yn '43. Iesu roedd hi'n amser caled arnon ni...

Dyma fe ar gefn ei geffyl eto – yr un hen stori. Ailddechreuodd Pelé ddweud hanes Lenny ac Ecsoffier, a throdd pawb eu sylw yn ôl ato ef.

—Cawson nhw eu geni yn yr un stryd, ac fe wnaeth y

ddau hyd yn oed ymuno gyda'r 'Catering Corps' i wneud Nashional Syrfis ar yr un pryd. Y 50au oedd hi, ac i Cyprus aethon nhw...

Ond roedd wedi dweud y peth anghywir, a thorrodd yr arbenigwr ar ei draws.

—Hy! Nashional Syrfis, wir! wfftiodd Bill. Blwmin gwyliau yn yr haul fyddwn i'n ei alw fe. Fues i yn y bwsh am bedair blynedd yn ymladd meibion Tojo, a dwy flynedd yn osgoi bwledi'r bandits adeg creu Pacistan. Dyw torri tato ac agor tiniau corn biff yn...

Tawodd Bill Bombay yn sydyn. Roedd yn edrych yn syn ar berson oedd newydd gerdded drwy ddrws ffrynt y dafarn.

—Prynhawn da, Bill, meddai Escoffier yn dawel.

Safai yn ei unfan gyda'i law dde ym mhoced ei got. Yn ei law chwith roedd ganddo dennyn, ac ar ben arall y tennyn hwn roedd ci bach Schitzu. Roedd gan y ci un llygad glas ac un brown, ac roedd y llygaid hyn yn syllu arnon ni – y criw anystywallt – oedd yn sefyll ac yn eistedd wrth y bar. Prynais ddiod i Escoffier, a daeth i eistedd wrth ymyl Tom.

—Beth yw'r peth hyll 'na sydd ar ben draw'r *lead*? gofynnodd Bill Bombay.

—Ci wrth gwrs, atebodd Pelé.

—Gyda'r ci ro'n i'n siarad! Ha ha! chwarddodd Bill Bombay ar ei jôc ei hun, a chododd ei wydr.

Anwybyddwyd sylw Bill Bombay yn gyfan gwbl, a gofynnodd Pelé i Escoffier,

—Beth yffarn ma' hwnna'n gwneud 'da ti?

—Dyma beth wnaeth Lenny adael i fi yn ei ewyllys. Ci, Schitzu o'r enw Archesgob Makarios.

—A faint o arian? gofynnodd Pelé gan obeithio bod

prynhawn meddw o'n blaenau i gyd.

—Dim yw dim. Fe adawodd e bopeth i'r RSPCA, dros gan mil o bunnoedd. Doedd ei deulu ddim yn credu'r peth. Ddywedodd e yn ei ewyllys bob tro roedd e'n gweld ei deulu, roedd e'n dod yn fwy a mwy hoff o'i gi.

—Ond pam galw ci yn Archesgob Makarios? gofynnais.

—Roedd hwnnw, yr Archesgob hynny yw, nid y ci, yn un o'r rhai oedd yn ymladd dros annibyniaeth pan o'n ni mas 'na yn '55. Rwy'n siŵr bod Lenny'n meddwl bod y ci'n edrych yn debyg iddo. Roedd gan Makarios farf hir fel hwn. Roedd Lenny'n dwlu ar gŵn, yn wahanol i fi, ac roedd ganddo dalent naturiol wrth eu trin a'u trafod. Roedd e'n rhan o'r tîm *bomb disposal* yn y fyddin, ac yn helpu gyda'r cŵn. Pan adawodd e'r fyddin fe aeth e i gymysgu gyda phobl wael, rhacs, ac fe ddefnyddiodd ei dalent gyda chŵn i dawelu cŵn y gwylwyr pan fyddai'r gang yn dwyn o ystordai yn y nos. Mae wedi treulio dros hanner y tri deg mlynedd diwethaf y tu fewn i Parkhurst, y Scrybs a Strangeways. Sa i wedi clywed wrtho ers blynyddoedd, heblaw am ambell gerdyn 'Dolig. Mae'n syndod 'da fi ei fod e'n dal i 'nghofio i—

—Paid â malu cachu, gwaeddodd Pelé.

—Na! Ti oedd ei ffrind gore fe pan oeddech chi'n blant, mynnodd Tom.

—Maen nhw'n dweud ein bod ni i gyd yn cofio unrhyw un sydd wedi gwneud cam â ni, neu fod yn garedig i ni pan o'n ni'n blant, athronyddodd Pelé.

—Beth wnest ti i Lenny, 'te? Cachu ar ei jips? gofynnodd Bill gan chwerthin.

Anwybyddwyd sylw Bill unwaith yn rhagor. Ond penderfynodd Bill ychwanegu at y dolur a dywedodd, Roedd Lenny'n amlwg yn dipyn o leidr o hyd os oedd

ganddo gymaint o arian i adael i'r RSPCA yn ei ewyllys.
—Na, ysgydwodd Escoffier ei ben yn gadarn wrth ateb.
Fues i'n siarad gyda'i ferch. Roedd e wedi rhoi'r gorau i
ddwyn ers blynyddoedd. Yr unig ddiddordeb oedd ganddo
yn Eastbourne oedd cerdded ar y traeth gyda'i gi. Doedd
ei ferch hyd yn oed ddim yn deall o ble ddaeth yr holl
arian. Unig gais arall Lenny yn ei ewyllys oedd gwneud
yn siŵr fod y ci'n cael mynd am wâc ar y traeth bob dydd.

Cododd Bill Bombay ar ei draed a symud at y bar.
Roedd ei wydr yn wag unwaith eto. Wrth iddo groesi'r
llawr gwelais y ci yn arogli rhywbeth ac yn sydyn neidiodd
i gyfeiriad Bill Bombay a chnoi ei goes.

Daeth sgrech anferth o enau Bill.
—Aaaaaaaa! *Japs at 6 o'clock*! *Japs at 6 o'clock*! Iesu, fy
shrapnel i!

A rhedodd nerth ei draed brathedig at ddrws y dafarn.
Ond wrth iddo'i gyrraedd gwelwyd cysgod dyn arall
drwy'r drws gwydr, yn amlwg ar ei ffordd i mewn i'r
dafarn. Welodd Bill mo'r dyn, a welodd e mo'r drws yn
cael ei wthio ar agor ychwaith tan ei fod fodfeddi o'i
drwyn. Trawyd ef ar ei ben a disgynnodd fel sach o dato.

Eiliadau'n ddiweddarach roedd Bill Bombay ar ei
draed eto.
—Grog, stiward, os gwelwch yn dda, gwaeddodd. Rwy
wedi cael bore caled, yn arwyddo ffurflenni. Arwyddo
deiseb i'w hanfon at lywodraeth Siapan. Sa i'n siŵr beth
oedd y ddeiseb, ond wna i rywbeth i frifo'r Japs. Wyth
deg chwech tro fues i'n ôl 'na, ac fe...

Frank Wright oedd y dyn oedd newydd lorio Bill
Bombay wrth agor y drws. Roedd ei wyneb fel y galchen,
a symudodd yn araf at y bar.
—Rwy ishe diod cryf 'fyd, plîs, sibrydodd.

—Beth sy'n bod arnat ti? Paid â phoeni am Bill, Frank, fydd e'n iawn. Falle wneith e les iddo fe gael cnoc ar ei ben, cysurodd Ger.

Cododd Frank ei ben yn araf.

—Mae Tony wedi dyweddïo.

—Blydi hel, pwy yw'r ferch 'lwcus'? gofynnodd Ger a'i geg yn llydan agored.

—Blydi hel. Ble uffar mae'r hen gi wedi bod yn ei chadw hi? gofynnais innau yr un mor gegrwth.

Cymerodd Frank Wright ddracht hir o'i ddiod cyn ateb.

—Ei henw yw Miss Jones, ac mae'n saith deg pump mlwydd oed ac yn byw yn Bodlondeb. Ar ôl y briodas mae Tony'n bwriadu symud yno i fyw gyda hi... ac yn waeth fyth, mae Tony yn meddwl ei fod e'n saith deg dau mlwydd oed.

Pennod 17

ROEDD FRANK wedi eistedd gyda'r gweddill ohonom, ac roedd ganddo wyth gwydraid o frandi o'i flaen ar y bwrdd. Dechreuodd adrodd yr hanes am drawsnewidiad Tony, a chlosiodd y gweddill ohonom ato i gael clywed pob gair.

Yn ôl Frank roedd yr holl beth wedi dechrau ar y prynhawn hwnnw pan fuon ni'n ymweld â'i fam-gu yng nghartref Bodlondeb. Tra bod Frank a'i fam-gu yn clebran fe ddechreuodd Tony siarad â hen wraig oedd wedi symud i'r cartref gyda'i brawd i fyw rai diwrnodau ynghynt. Gan fod ei hiechyd yn dirywio roedd yn rhaid iddi symud i Fodlondeb, ac yn hytrach na'i bod hi a'i brawd yn gwahanu roedd ef wedi penderfynu gwneud yr un peth. Gwerthwyd eu tŷ ac fe symudodd y ddau i fyw dan ofal Mr Moelwyn Lewis y Trydydd.

Am ryw reswm credai Miss Jones ei bod yn cofio Tony o'i gorffennol, ac roedd yn amlwg nad dim ond ei hiechyd corfforol oedd yn dirywio. Ond doedd hi ddim, fel sy'n digwydd fel arfer dan amgylchiadau fel hyn, yn credu ei bod hi'n ifanc eto. Yn hytrach credai bod Tony yn hen ddyn saith deg dau mlwydd oed.

—Dwi ddim wedi'ch gweld chi ers blynydde. Faint yw eich oedran chi nawr?

Yn hytrach nag ateb ei chwestiwn roedd Tony yn gyfrwys ac wedi ateb gyda chwestiwn, Faint y'ch chi'n credu ydw i?

—O, dim mwy na ryw saith deg dau neu saith deg tri, dyfalodd hithau.

Pan gerddodd Frank draw at Tony i ddweud ei bod yn amser iddyn nhw adael fe'i cyflwynwyd i Miss Jones gan Tony fel ei ŵyr.

Yn ystod yr wythnos wedyn dechreuodd Frank sylweddoli bod Tony yn newid. Sylwodd ei fod yn peswch yn amlach, nes ei fod yn swnio fel buwch dost yn y diwedd. Roedd hefyd wedi dechrau bwyta ffa pob ar dost, ac roedd y tŷ yn dechrau arogli'n wael. Rhoddodd y gorau i ymolchi ac eillio, a threuliodd oriau yn darllen ar ei ben ei hun yn ei ystafell. I goroni'r cyfan dechreuodd gwyno am wynegon a'r dŵr poeth, ac roedd yn hercian yn lle cerdded.

Erbyn hyn roedd yn treulio'i amser i gyd yn y cartref, a phan ofynnodd Frank iddo pam ei fod yn ymddwyn fel yr oedd dywedodd Tony wrtho am gau ei geg oherwydd ei fod yn gwybod beth roedd e'n ei wneud. Penderfynodd Frank ofyn i'w fam-gu, a'i hateb hithau hefyd oedd y dylai gau ei geg oherwydd fod Tony yn gwybod beth roedd e'n ei wneud.

—Mmmm... mynnodd Bill Bombay gael dweud ei bwt. Mae'n swnio'n debyg iawn i rai o'r pethau oedd yn digwydd yn y bwsh. Cafodd un boi ddos o'r malaria ac fe benderfynodd e briodi asyn oedd yn cludo nwyddau drwy'r jyngl.

—Do, wir? Beth ddigwyddodd iddyn nhw? gofynnodd Pelé. Roedd hon yn stori newydd.

—Mae'n stori drist ofnadwy. Fe gawson nhw'u hambwshio gan grŵp o'r Japs, ac fe redodd yr asyn bant gydag un o'r Japs. Dorrodd e'i galon druan.

—Os nad oes llwyth o bryfed tse-tse wedi cnoi Tony, sa i'n credu dy fod ti wedi esbonio ei ymddygiad yn iawn, meddai Ger yn sarcastig.

—Cer 'mla'n, Frank.

—A'r bore 'ma, haleliwia, fe ddaeth Tony i mewn i'r gegin a datgan ei fod wedi dyweddïo â Miss Jones, a'i fod e'n mynd i edrych ar ei hôl drwy gymryd busnes ei brawd. Dages i ar 'y nhost, mam bach.

—Pa fusnes oedd gan ei brawd? gofynnais.

—Roedd e'n rhedeg siop Ironmongers o beth 'wy'n ddeall. Ond mae e wedi ymddeol ers blynyddoedd. Sut all Tony gymryd yr awenau? Sa i'n deall o gwbwl, nadw wir, dywedodd Frank gan siglo'i ben yn isel ei ysbryd.

Wedi cymryd llwnc mawr arall gorffennodd ei stori, Gredwch chi fod y parti dyweddïo am dri y prynhawn 'ma? Sut alle rhywun feddwl bod Tony yn saith deg dau mlwydd oed? Sa i'n deall, meddai, a gorffennodd ei ddiod glatsh.

Oherwydd fod Tony wedi fy mhenodi yn 'consigleri' answyddogol y teulu penderfynais fod yn rhaid i mi geisio datrys y dirgelwch hwn. Gadawais y cwmni yn y bar yn fuan wedyn a bwrw am gartref hen bobl Bodlondeb, ac am gyfweliad â Moelwyn Lewis y Trydydd.

*　　*　　*

—Does dim byd allwn ni ei wneud i rwystro'r briodas rhag digwydd, dywedodd hwnnw gan bwyso'n ôl yn ei gadair esmwyth. Falle mai dau ddeg naw yw Anthony, ond os ydyn nhw ishe priodi, eu busnes nhw yw hynny. Y peth gorau yn fy marn i yw gadael iddyn nhw i fod. Wrth gwrs, mae'n debyg y bydd Anthony yn symud i fyw gyda ni yn Bodlondeb ar ôl y briodas... ac... ac fe fydd yn rhaid trefnu gydag ef a'i frawd sut fyddan nhw'n talu am ei ofal... Sy'n fy atgoffa. Dyma'r bil am y parti dyweddïo prynhawn 'ma, dywedodd gan wenu.

Pedwar can punt. Tipyn o fil. Tipyn o barti.

Gadawais Lewis yn y swyddfa a cherdded at y brif ystafell. Gallwn weld yr hen bobl wedi ymbincio'n barod, ac yn siarad yn gyffrous am barti'r prynhawn. Roedd baner fawr yn crogi o'r to yn llongyfarch y cariadon ar eu dyweddïad.

Cerddodd y Parchedig Ian drwy ddrws ym mhen pella'r ystafell gyda'r Casio dan ei gesail. Roedd yn amlwg bod hwn wedi gorfod cymryd punt y gynffon unwaith yn rhagor. Croesais yr ystafell tuag ato.

—Gobeithio bod y pâr lwcus yn mynd i gael gwerth eu harian, dywedais.

—Hy! Sa i'n gwybod pwy sy'n dyweddïo, a sdim diawl o ots 'da fi 'chwaith. Ugain punt am ddwy awr o waith. Rwy'n artist, ti'n gwybod. Wna i byth faddau i'r diawl Lewis 'na am fy ngorfodi i buteinio fy nhalent.

—Ugain punt? Mae'n dweud chwe deg punt fan hyn. Dangosais fil y parti iddo.

—Y diawl Lewis 'na! Ond does dim byd alla i wneud. Hwn yw'r unig waith alla i gael gafael arno ar hyn o bryd, ac fe golla i hwn os wna i gwyno wrth Lewis, ochneidiodd a'i wyneb yn troi bob ffordd.

—Beth am ddysgu? Oes rhywbeth ar y gweill 'da ti o ran cyflenwi? ceisiais ei gysuro.

Chwarddodd y Parchedig.

—Fe ges i gynnig swydd, mis o waith o nawr tan 'Dolig mewn ysgol leol, ond alla i ddim ei derbyn. Dwi ddim wedi dweud wrth yr ysgol eto, ond mae'n rhaid i fi roi gwybod cyn dydd Llun. Wy'n dweud wrthot ti, alla i ddim derbyn y swydd, fydde 'mywyd i ddim gwerth ei fyw...

—Paid â becso. Fe weli di olau ar ddiwedd y twnnel,

dywedais yn garedig.

—Hy. Gobeithio nad Inter City *one two five* yw e, oedd ateb chwerw'r Parchedig.

Wrth i mi siarad â'r Parchedig cerddodd hen ddyn i'r ystafell yn dal parsel o dan ei fraich. Roedd yn wên o glust i glust, a phenderfynais mai hwn oedd brawd Miss Jones, a bod angen i mi siarad ag ef.

—Ry'ch chi siŵr o fod yn hapus iawn heddiw, Mr Jones, fe'i cyfarchais yn gyfeillgar.

—O ydw. Ydw wir. O'r diwedd mae rhywun yn fodlon edrych ar ôl fy chwaer. A chi'n gwybod beth, ar ben hynny, o'r diwedd mae rhywun yn fodlon edrych ar ôl fy chwaer.

—Ry'ch chi'n iawn. Ac i goroni'r cyfan o'r diwedd mae rhywun yn fodlon edrych ar ôl eich chwaer, dywedais.

Gwenodd yn siriol arnaf. Roedd yn amlwg 'mod i a Mr Jones ar yr un donfedd. Radio Dwlali.

—Wrth gwrs, awgrymais. Fe fydd Anthony'n cymryd y busnes.

—Rhan o'r busnes, meddai Mr Jones yn syth. Rhan o'r busnes. Fe werthes i'r siop rai blynyddoedd yn ôl ond rwy'n dal i wneud ychydig o waith ar un ochr o'r busnes, dywedodd gan gyfeirio at y parsel dan ei gesail. Mae holl gyfrinachau'r busnes yn y parsel yma. Hwn yw fy anrheg dyweddïo i'r ddau. Bydd hwn yn galluogi Anthony i edrych ar ôl fy chwaer os digwyddith rhywbeth i fi.

—A beth yw cyfrinach eich busnes, Mr Jones? gofynnais.

Sibrydodd Mr Jones y geiriau hud yn fy nghlust.

—Un cwestiwn bach arall, Mr Jones. Ble roeddech chi a'ch chwaer yn arfer byw cyn dod yma?

Disgynnodd y darn olaf o'r jig-so i'w le gyda'i ateb.

—Alla i gael gair bach preifat gyda chi, Mr Jones. Mae arnaf ofn fod 'da fi newyddion drwg i chi...

*   *   *

Gadewais Mr Jones a'i chwaer yn eu hystafell. Wrth gerdded lawr y coridor gwelwn ddyn cefngrwm yn hercian tuag ataf. Gwelodd y parsel dan fy nghesail.

—Beth sydd 'da ti dan dy gesail? gofynnodd Tony.

—B.O. Beth sydd 'da ti?

—O ha, ha.

—Yn anffodus, Tony, mae 'da fi newyddion drwg i ti. Rwyt ti wedi marw, dywedais.

—Beth? Am beth wyt ti'n siarad, y ffŵl? gofynnodd gan graffu ar y parsel, a'i gefn yn dechrau sythu.

Agorais ddrws ystafell Miss Jones a dyna ble roedd hi'n wylo'n hidl ar y gwely, gyda'i brawd yn eistedd wrth ei hymyl yn sibrwd yn dawel, Arswyd y byd. Pwy wneith edrych ar ei hôl hi nawr?

Trodd Miss Jones at y drws a gwelodd Tony, ond edrychodd yn syth drwyddo nawr.

—Rwy'n gallu ei weld e nawr. Fel roedd e pan yn ifanc, pan fydde fe'n dod rownd gyda'r bara?

Caeais ddrws yr ystafell yn dawel. Ymhen hanner awr byddai Miss Jones a'i brawd wedi dod dros y sioc ac fe fydden nhw'n trafod pa fath o angladd ddylai Tony ei gael. Ymhen awr fe fydden nhw wedi anghofio amdano'n llwyr.

—Alla i gael y parsel 'na? gofynnodd Tony. Fy anrheg dyweddïo i yw hwnna.

—Ond rwyt ti wedi marw, dadleuais. Does dim angen y bocs 'ma arnat ti nawr.

—Ha, ha. Doniol iawn. Edrych 'ma. Rwy'n ddiolchgar i ti am fy nhynnu o'r twll 'ma, ond mae'n rhaid i fi gael y parsel.

—Mae'n dibynnu, meddwn innau gan godi f'ael.

—Ar beth?

—Fe gei di'r parsel os wnei di esbonio beth sy'n digwydd. Rwy'n gwybod hanner y stori ond fe hoffwn i glywed y gweddill.

—Olreit. Olreit. Fe gei di wybod y cwbwl. Dere draw i'r tŷ rywbryd. Ond mae'n rhaid i fi gael y parsel 'na nawr, mynnodd, yn amlwg yn cael cathod bach am y peth.

Trosglwyddais y parsel i Tony a cherdded at swyddfa Moelwyn Lewis.

—Beth y'ch chi'n ei feddwl 'dim parti'? Chwyrnodd yntau arnaf pan glywodd y newyddion. Cododd ar ei draed yn wyllt a dyrnu'i ddesg. Ond pwy fydd yn talu am y parti nawr?

—Eich busnes chi yw hynny, meddwn. Chi drefnodd y blydi parti. Talwch chi amdano, a theflais y bil ar ei ddesg a cherdded allan.

Wrth adael gallwn glywed llais cawslyd Lewis yn siarad ar y ffôn.

—A... Mrs Taylor... Odi, mae eich mam yn iawn, ond fel y'ch chi'n gwybod mae ei phen blwydd yr wythnos nesa... wyth deg, ac mae hi eisiau cynnal y parti yfory i ddathlu... Dathlu beth? Wel dathlu ei bod hi'n mynd i dderbyn pum ceiniog ar hugain yn ychwanegol ar ei phensiwn... Ie, ie, fe wna i drefnu popeth. Prynhawn da!

Pennod 18

BORE DYDD SUL oer a sych yn yr hydref. Roedd yn un ar ddeg o'r gloch a cherddwn tua thafarn yr Angel ar gyfer bore o waith glanhau. Fy mwriad pan gerddais drwy'r drws oedd cael diod o soda a chalch a dechrau ar y gwaith yn syth, ond pan welodd Ger fi estynnodd botel o Pils i mi'n fecanyddol. Hael iawn, meddyliais, ond pan ymunais ag ef wrth y bwrdd sylwais fod ei lygaid yn goch, a bod potel o Facardi hanner gwag ar y bwrdd o'i flaen. Cyn i mi gael cyfle i ofyn estynnodd lythyr o'i boced cefn a'i roi i mi.

—Darllen e, gorchmynnodd, a darllenais y llythyr yn gyflym gan ganolbwyntio ar y darnau perthnasol.

Annwyl Gerson,

Llongyfarchiadau ar ennill dy radd... Diolch am y lluniau. Mae dy ddarlithwyr coleg yn edrych fel meddwon sy'n mynychu tafarndai'n rhy aml o lawer. Efallai mai dyma'r rheswm am dy radd siomedig...

Tri o'r brodorion lleol yma yn Nhaiwan wedi cael tröedigaeth yn ystod y mis diwethaf, efallai fydd y capel yn rhoi bonws i fi!...

Y tîm ieuenctid rwy'n hyfforddi wedi ennill cystadleuaeth bêl-droed, ac yn sgil hyn mae FA Cymru wedi ein gwahodd i gystadleuaeth ryngwladol Ian Rush ym mis Hydref... Tîm o China wedi cael eu gwahodd hefyd, felly mae llywodraeth Taiwan yn fodlon talu am y daith. Gobeithio na fyddwn ni'n chwarae yn erbyn ein gilydd, ond os fyddwn ni, gobeithio na fydd yr un peth yn digwydd i ni a ddigwyddodd i amddiffyn Chiang Kai Chek pan redodd Mao Tse Tung drwyddo yn 1934… Gobeithio cael amser i ddod i dy weld…

Pob lwc gyda'r ôl-radd. Pan wnei di basio gei di ddod i ddysgu plant fan hyn yn Nhaiwan, mae prinder athrawon ofnadwy yma. Gobeithio dy weld yn yr ysgol pan fydda i draw.

Cariad mawr oddi wrth dy fam a mi…

Dad.

Codais fy mhen ac edrych ar Ger. 'Annwyl Gerson'?

Ysgydwodd Ger ei ysgwyd, a dechreuais innau yfed fy mhotel gyntaf o'r dydd wrth iddo yntau fwrw ati i fwrw'i fol.

—Mae Dad yn ddilynwr pêl-droed brwd, mae'n ffanatic. Rwy'n credu mai'r rheswm pennaf ei fod e'n cenhadu yw er mwyn iddo allu cenhadu dros y bêl gron. Yn ei farn ef nid Mathew, Marc, Luc a Ioan yw'r pedwar Apostol ond Shankly, Michels, Bearzot a Clough. Gan fod fy nhad yn ffan mawr o'r tîm Brasil enillodd Gwpan y Byd yn 1970, ac am dalu teyrnged iddyn nhw, fe alwodd fi'n Gerson. Hwnnw oedd yn rheoli canol y cae i Frasil ar y pryd, ac yn ôl Dad pan ddes i i'r byd ro'n i'n sgrechian ac yn ystumio gyda 'mreichiau, yn gwmws fel Gerson pan sgoriodd e yn y rownd derfynol. Cytunodd Mam gan ei bod yn ffyddiog y byddai pawb yn meddwl taw Geraint oedd fy enw. Diolch byth, wnaeth e ddim ystyried Rivelino neu Jarzinho. Ond sa i'n gwybod beth wna i ddweud wrtho pan ddaw e 'ma…

—Dweud am beth?

—Am beth! Am beth! Am fy ngradd a'r cwrs ymarfer dysgu. Beth yn y byd alla i wneud?

—Sa i'n gwybod, ysgydwais fy mhen, ond rwy'n meddwl
'mod i'n adnabod rhywun all gynnig ateb i ti.

*   *   *

Bûm ar y ffôn gyda'r Parchedig am dros chwarter awr.
Doedd e ddim yn swnio'n rhy hapus i gael ei aflonyddu
ar fore Sul ond pan awgrymais y gallai ennill hanner
cyflog athro, a hynny trwy wneud dim ond gorwedd yn ei
wely roedd yn barod i wrando.

Wedi'r sgwrs ar y ffôn dychwelais at Ger yn y bar ac
esboniais sefyllfa'r Parchedig iddo. Fy syniad oedd y
byddai'n bosib i Ger esgus taw ef oedd y Parchedig a
chymryd y swydd gyflenwi. Byddai hyn yn datrys ei
broblem ef gyda'i dad, ac yn datrys rhai o broblemau
ariannol y Parchedig. Wrth gwrs, doedd neb yn yr ysgol
wedi cyfarfod â'r Parchedig felly doedd dim problem o
safbwynt cael ei adnabod.

—Ond sa i'n gwybod dim am ddysgu, cwynodd Ger.

—Perffaith. Byddi di'n gwmws fel y rhan fwyaf o
athrawon, felly. Beth bynnag, dim ond athro cyflenwi
fyddi di, a dim ond edrych ar ôl y cariadon bach fydd
rhaid i ti wneud.

—Ond beth os bydd rhywun yn fy adnabod i?

—Does neb yn yr ysgol wedi gweld y Parchedig,
darbwyllais.

Cytunodd Ger yn y diwedd.

—Iawn. Iawn. Fe wna i e. Ond mae 'na un broblem arall.
Rwy'n *allergic* i ysgolion. Nid yr adeilad ei hun, ti'n deall,
ond y plant a'r athrawon. O'r dydd hwnnw pan ddaeth
athrawes gyflenwi i'r ysgol pan oeddwn i'n ddisgybl a
'ngalw i o flaen y dosbarth rwy wedi bod yn *allergic*.

—Pam? Beth ddigwyddodd?

—Dyna pryd y gwnaeth y plant a'r athrawon ddarganfod mai Gerson oedd fy enw iawn, ac fe fues i'n destun sbort fyth oddi ar hynny. Bob tro rwy'n meddwl am ysgol, neu'n enwedig am orfod mynd i'r ysgol, mae 'nghorff yn datblygu smotiau coch poenus drosto i gyd, mae 'nhrwyn i'n rhedeg ac rwy'n gwneud dim ond tisian.

—'Run peth â'r rhan fwyaf o blant. Meddylia am y peth fel cyfle i oresgyn dy broblem. Mae seiciatryddion yn dweud fod rhaid i bobl wynebu eu problemau. Os oes rhywun yn ofni corynnod yr unig ffordd i oresgyn hyn yw dal corryn yn eu dwylo.

Gwelwodd Ger.

—Rwy'n ofni corynnod hefyd. A ta beth, os wyt ti'n derbyn y rhesymeg y tu ôl i'r ddadl 'na fe ddylai boi sy'n ofni marw ladd ei hun!

—Rwy'n cyfadde falle nad yw e'n gweithio bob tro. Ond mae'n gyflog da. Tua dau gant a hanner yr wythnos i ti, a chant a hanner i'r Parchedig. Ac fe gei di ddangos i dy dad dy fod yn athro parchus sy'n gwneud rhywbeth gwerth chweil â'i fywyd. Fe wna i weithio fan hyn yn dy le di yn ystod y dydd; mae fel y bedd 'ma ta beth.

—Man a man, cytunodd Ger yn araf, yn methu â gweld yr un ffordd arall allan o'i gornel.

—Reit 'te, fe gwrddwn ni â'r Parchedig yn ei dŷ am bump heno... i baratoi dy wersi di ar gyfer bore dydd Llun.

*　　*　　*

Am bump o'r gloch roeddwn i a Ger yn *bedsit* y Parchedig Ian. Gorweddai Ger ar y gwely yn smygu sigarét tra cerddai'r Parchedig yn ôl ac ymlaen yn darlithio am ei brofiadau yn y byd addysg.

Roeddwn innau yn eistedd wrth ddesg ysgrifennu'r Parchedig, oedd yn llawn nodiadau ar gyfer 'The A to Gb of Keyboard Heroes'. Roedd bod yn athro'n hawdd yn ei farn ef, ac roedd yn rhaid dechrau gyda'r wisg. Siaced gyda digon o sialc arni, yn enwedig rownd y pocedi, pâr o drowsus llac, crys, a thei flodeuog. Yr unig bethau eraill oedd yn gwbl angenrheidiol oedd tair beiro, un goch, un las ac un ddu, ac fe ddylid arddangos y rhain ym mhoced hances y siaced.

—Ond sut alla i wneud yn siŵr y bydda i'n gallu cadw trefn ar y plant? gofynnodd Ger yn ofnus.

—Fel arfer, mae sicrhau disgyblaeth yn amhosib... yn enwedig i athrawon cyflenwi. Ond rwyt ti'n ffodus. Cerdd fydd dy bwnc di, sori ein pwnc *ni* – nawr ein bod ni'n un person fel petai. Byddi di'n dechrau'r wers drwy sôn am Purcell neu Mahler, neu'n eu diddori nhw â gwers Sol Ffa, ac yn cadw'r wers hon ar yr uwch-daflunydd. Ar ôl pum munud bydd y plant wedi dechrau cymryd y darnau rwber sydd ar waelod y stolion ac yn taflu'r rhain at ei gilydd... Wel gobeithio y byddan nhw'n gwneud hynny, a ddim yn eu taflu atat ti. Y cam nesaf yw i droi at dy ffrind gorau, y peiriant fideo. Britney Spears neu Westlife i flwyddyn 7 ac 8, Eminem neu Dr DRE i flwyddyn 9, a'r Manics neu Oasis i flwyddyn 10 ac 11. Pan fydd athro arall yn cerdded mewn i'r ystafell yng nghanol un o ganeuon y Prodigy fe fyddi di'n stopio'r fideo ac yn troi at y plant i esbonio bod hwnna'n enghraifft berffaith o'r defnydd o Sol Ffa mewn cerddoriaeth fodern.

Tawelwch.

—Unrhyw gwestiwn arall? gofynnodd y Parchedig, yn union fel petai o flaen dosbarth.

—Wyt ti'n siŵr na fydd neb yn gwybod pwy ydw i… pwy ydyn ni? gofynnodd Ger yn betrus.

—Paid â becso dim. Dim ond un person yn yr ysgol sy'n gwybod nad ti yw fi. Does dim rhaid i ti wybod pwy yw'r person, ond fydd y person yna ddim yn dy fradychu, creda di fi. Nawr 'te, beth am drafod seicoleg dysgu…

Pan drodd y drafodaeth at syniadau Pavlov dechreuais golli diddordeb. Tynnwyd fy sylw at ddarn o bapur oedd wedi'i hanner orchuddio gan lyfr ar y ddesg. Gellid gweld y geiriau 'F'annwyl Lauren' yn glir. Yn araf ac yn gyfrwys, gwthiais y llyfr yn raddol o'r neilltu, ac wrth i mi ddarllen daeth yn amlwg mai llythyr cariad oedd hwn. Darllenais y llythyr cyfan o gornel fy llygad wrth i'r Parchedig bregethu. Roedd yn amlwg bod y Parchedig mewn cariad dros ei ben a'i glustiau gyda'r ferch y cyfarfu yn y Cnapan. Deallais yn awr pam nad oedd y Parchedig yn medru derbyn y swydd ddysgu.

Cofiais fod Tony a Frank yn fy nisgwyl am wyth o'r gloch, ac roeddwn yn gobeithio y bydden nhw'n medru esbonio'r dyweddïad a marwolaeth sydyn Tony.

Ffarweliais â'r ddau wrth i'r Parchedig ddechrau dangos y *pin-down technique* i Ger ac a fyddai'n ddefnyddiol iddo pan fyddai plant yn ymosod arno.

* * *

Frank atebodd y drws, roedd Tony'n brysur yn gwylio'r *Money Programme* ar y teledu.

Pan orffennodd y rhaglen diffoddodd Tony'r teledu, a dywedodd,

—Sa i byth yn colli'r rhaglen 'na. Mae'n bwysig 'mod i'n gwybod beth sy'n mynd ymlaen ym myd busnes. Wyt ti moyn rhywbeth i yfed?

—Whisgi fach. Mae wedi bod yn ddiwrnod hir, awgrymais.

—Siwgwr a llath? gofynnodd Frank wrth ddiflannu i'r gegin i roi'r tegell i ferwi.

—Sut wyt ti'n teimlo erbyn hyn? gofynnais wrth Tony.

—O rwy lot yn well, diolch. Gyda llaw, diolch i ti am helpu. Allen i byth fod wedi meddwl am gynllun mor dda â fy marwolaeth fy hun. Diolch am gael fi mas o dwll.

—Mas o dwll? pysgotais.

—Ti ddim yn credu 'mod i wir yn meddwl 'mod i'n saith deg dau, wyt ti? Mae'n well i fi esbonio. Faint wyt ti'n ei wybod yn barod?

—Wnes i ddyfalu mai'r un Miss Jones oedd wedi ysgrifennu at gwmni Rowntrees Mackintosh i ganmol y brechdanau digestif oedd y Miss Jones hon oeddet ti bron â'i phriodi.

—Digon gwir, ond pan ddechreues i siarad â hi roedd hi'n meddwl taw Dad o'n i. Roedd ganddi bach o *soft spot* am Dad, a phan ysgrifennodd hi at y cwmni roedd hi'n credu ei bod hi'n gwneud ffafr ag ef. Yn anffodus, yn y pen draw, roedd hi'n rhan o'r rheswm am ei farwolaeth.

—Ond pam na fyddet ti wedi esbonio bod dy dad wedi marw?

—Mae hi a'i brawd wedi dechrau ei cholli hi, ac fe wnes i ddechrau ymddwyn fel hen ddyn i wneud yn siŵr eu bod nhw'n parhau i feddwl mai fi oedd Dad. Ti'n gweld, wedi i fi ddechrau siarad â hi dyma fi'n sylweddoli fod ganddi lawer o wybodaeth allai fod o ddefnydd mawr i fi a Frank, ond taw'r unig ffordd o gael ein dwylo arno oedd addo edrych ar ôl Emily – Miss Jones. Doedd 'da fi ddim dewis ond dyweddïo. Fydden i ddim yn cymryd mantais o hen bobl fel 'na fel arfer, ond mae'n rhaid i fi a Frank gael arian er mwyn i ni allu symud Mam-gu o'r twll 'na i gartref preifat, mas o afael Moelwyn Lewis. Mae'n benderfynol o aros mewn cartref, er 'mod i a Frank wedi cynnig edrych ar ei hôl hi.

—Beth yw'r gyfrinach sydd yn y bocs? gofynnais yn llawn chwilfrydedd.

—Ddrwg gen i, ond alla i ddim datgelu hynny nawr, ond fe gei di wybod rywbryd, rwy'n addo. Ta beth, diolch i ti. Doedd dim cliw 'da ni sut i dorri'r dyweddïad.

—Ni?

—Roedd Frank yn gwybod hefyd. Gyrres i fe i'r dafarn i chwilio am help i gael fi mas o'r twll. Diolch byth dy fod ti wedi ymyrryd. Wnawn ni esbonio popeth rhywbryd eto, yn y dyfodol...

—Rywbryd ar ôl y 'Dolig?, ychwanegodd Frank, gan ddychwelyd o'r gegin gyda thri mwg poeth o de.

—Ar y foment mae cynlluniau eraill gyda ni ar y gweill, on'd oes, Tony? meddai, gan estyn un o'r mygiau i mi.

Wrth i mi geisio cydio yn y mwg gyda'r llun o'r frenhines arno disgynnodd ar lawr.

—Damo, sori. Codais yn drwsgwl, a cheisio mopio'r carped â hances bapur.

—Paid â becso dim, dywedodd Frank, a diflannodd i fyny'r grisiau.

Dychwelodd mewn chwinciad gyda thri sgwâr o garped. Cododd dri darn gwlyb o'r fan ble roedd y te wedi sarnu, a gosod rhai newydd yno yn eu lle. Sylweddolais am y tro cyntaf fod y llawr wedi ei orchuddio â darnau sampl o garped o siopau carpedi gwahanol.

—Gymrodd e dair blynedd i gasglu'r darnau i gyd, esboniodd Frank.

—*Shag pile* o wal i wal, ychwanegodd Tony.

—Yn rhad ac am ddim.

—O gyda llaw, newidiodd Tony'r sgwrs. Ry'n ni wrthi'n trefnu gig nos Iau nesaf. Noson o ddiddanwch yng nghwmni Owain Arian. Ein gig cyntaf fel asiantau iddo fe. Tocyn, Frank.

Tynnodd Frank docyn o'i boced a'i estyn i mi.

NOS IAU

TACHWEDD 2il

am 7:30 yr hwyr

Dewch i GLWB NOS SPANKERS

Adloniant gan:

DAWNSWYR EGSOTIG – LES GIRLS

TERRY SMILES

ac

OWAIN ARIAN

Dewch yn llu!

—Frank wnaeth y rhan fwyaf o'r gwaith gan 'mod i'n brysur yn Bodlondeb, dywedodd Tony.

—Ydych chi'n siŵr fod Pete yn fodlon perfformio gyda *strippers*? gofynnais.

—Nid *strippers* y'n nhw ond dawnswyr egsotig. Mae lled G-String o wahaniaeth rhwng y ddau. A beth bynnag, fe ddaeth e rownd bore 'ma ar ôl meddwl am y peth, ac fe gytunodd, brysiodd Frank i'm sicrhau ond ni chefais fy narbwyllo.

—On'd yw perfformio gyda dawnswyr egsotig yn groes i egwyddorion newydd Pete? gofynnais ymhellach.

—Ei hegwyddorion *hi* falle, ond nid ei egwyddorion ef. Ti'n gwybod beth maen nhw'n 'i ddweud am lewpart byth yn newid ei sbotiau! mynnodd Tony, gan roi tocyn i mi ac un i Ger.

— Falle, dywedais, ond roeddwn yn amau hynny hefyd.

Pennod 19

ROEDD GER WEDI CODI'N GYNNAR am y tro cyntaf ers
blynyddoedd, a chyn naw o'r gloch safai gyferbyn â
Chlwydi Ysgol Pengelli. Roedd yn benderfynol o beidio â
bod yn hwyr ar ei ddiwrnod cyntaf. Bu'n sefyll am amser
hir o flaen drych yn ei ystafell molchi y bore hwnnw, yn
gwneud yn siŵr ei fod yn edrych yn iawn, bod ei sanau yr
un lliw, a bod digon o sialc ar ei siaced. Roedd e ar fin
mentro i fyd addysg unwaith eto, ond cyn iddo ddechrau
croesi'r hewl at gatiau'r ysgol dechreuodd ei drwyn redeg,
ac yna fe ddechreuodd disian. Roedd bron â chyfogi a
phenderfynodd gerdded o amgylch yr ysgol i ddod yn
gyfarwydd â'i amgylchfyd newydd cyn mentro camu i'r
adeilad.

Wedi cerdded am dipyn, gan ddilyn clawdd oedd yn
amgylchynu'r ysgol gwelodd dwll yn y clawdd. Pender-
fynodd ddringo drwy'r twll i gael gwell golwg ar yr ysgol.
Sylwodd nad oedd y rhan fwyaf o'r adeiladau'n hen iawn,
a'u bod mwy na thebyg wedi cael eu codi ar ddiwedd y
pumdegau neu ddechrau'r chwedegau. Fel gyda llawer o
ysgolion Cymru serch hynny, roedd un adeilad yn y canol
oedd llawer yn hŷn, ac mae'n rhaid bod yr adeiladau mwy
newydd wedi cael eu codi pan newidiwyd o'r system
ramadeg i'r un gyfun. Sylwodd hefyd bod Portakabins yn
britho'r safle.

Gwelodd rywun yn agosáu, ond unwaith y sylwodd
hwnnw ar Ger, ciliodd ar amrantiad i ddiogelwch yr
adeilad. Rhyfedd, meddyliodd Ger, gan bendroni am eiliad

fer pam nad oedd y person eisiau cael ei weld. Anadlodd yn ddwfn er mwyn ceisio paratoi ei hun yn feddyliol ar gyfer mynd mewn i'r adeilad, ond teimlodd y panig yn codi'n sydyn ac yn ddirybudd, a bu'n chwydu'n ddireolaeth am ddwy funud.

Synhwyrodd Ger fod rhywun yn ei wylio, ond cyn iddo gael cyfle i godi'i ben roedd rhywun wedi gafael ynddo ac roedd yn dal cyllell finiog fodfeddi o'i foch.

—Pedwar can punt nawr. Nawr. Fe ges di'r drygs, nawr rwy moyn y cash.

Yna rhegodd y dieithryn wrth weld wyneb Ger.

—Sori, dywedodd gan ei ryddhau. Ro'n i'n meddwl taw rhywun arall oedd yna.

Rhoddodd Ger ei law ar ei foch a sylwodd ei fod yn gwaedu. Yn waeth na hynny gwelodd smotiau o waed ar ei grys gwyn. Trodd at y dieithryn yn gandryll a dweud,

—Rhag eich cywilydd chi... gwerthu cyffuriau i blant...

Chwarddodd y dyn.

—Plant... Na... Athrawon yw fy nghwsmeriaid i. Nhw sydd angen cyffuriau.

A diflannodd yn ôl drwy'r twll yn y clawdd.

Eisteddodd Ger ar y borfa ac edrych ar ei oriawr. Dwy funud i naw. Cododd yn araf a cherdded at glwydi'r ysgol. Sylwodd bod y lle'n wag, ond yn y pellter gwelai ddyn mewn cot Umbro las yn smygu sigarét. Er bod ganddo wallt melyn adnabu Ger ef – Stone y glanhawr ydoedd.

—Blydi hel, ebychodd Stone pan welodd foch Ger, beth uffar ddigwyddodd i ti? Dere 'da fi, glou.

*   *   *

Roedd yr ystafell athrawon yn wag pan aeth Ger a Stone mewn iddi. Eisteddodd Ger mewn cadair esmwyth ac aeth Stone ati i drin ei glwyf gyda gwlân cotwm a Dettol. Erbyn hyn roedd Ger wedi anghofio ei fod yn ofni ysgolion, ac roedd yn canolbwyntio ar beidio sgrechian wrth i Stone lanhau'r clwyf.

Aeth Stone i gornel yr ystafell i chwilio am ragor o Dettol, ac wrth iddo dwmlo yn y bocs Cymorth Cyntaf astudiodd Ger yr ystafell. Sylwodd ar y pentyrrau o lyfrau plant oedd yn aros i'r athrawon gwahanol eu marcio, yr hysbysfwrdd yng nghornel yr ystafell yn nodi bod undebau'n cwrdd ar ryw adeg neu'i gilydd, bod rhai athrawon i fod ar ddyletswydd adeg egwyl, a bod clybiau yn cyfarfod yn ystod yr awr ginio. Yr unig sŵn yn yr ystafell oedd sŵn traed Ymerawdwr y Byd Addysg, y cloc.

—Ers pryd wyt ti wedi bod 'ma, 'te? Ro'n i'n meddwl...

Cododd Stone fys at ei geg i dawelu Ger, ac aeth ati i drin y clwyf unwaith eto.

—Tua pythefnos. Glanhau. Rwy'n edrych ar ôl y caeau hefyd ac yn gofalu am y boiler. Rwy hefyd yn sicrhau nad yw ceir y llywodraethwyr yn cael niwed pan fyddan nhw'n cyfarfod yn yr ysgol. Mae'n siwtio fi'n iawn. Fan hyn o ddydd Llun tan ddydd Gwener, a chwpwl o jobs glanhau mewn swyddfeydd dros y penwythnos. Dim ond fi wnaeth gais am y swydd. Mae'r ysgol yn rheoli ei harian ei hun ti'n gweld, ac mae'n amlwg mai dim ond fi oedd yn fodlon gweithio am y fath gyflog.

—Aw! gwaeddodd Ger yn uchel wrth i'r Dettol redeg i'r clwyf. Ceisiodd droi ei feddwl oddi ar y boen. Ble mae pawb? gofynnodd.

Symudodd Stone at yr hysbysfwrdd, a darllenodd y rhestr gwasanaethau yn araf.

—Dydd Llun, y Mwslemiaid. Dydd Mawrth, y Cristnogion. Dydd Mercher, y Bwdists. Dydd Iau, yr Hindws. Dydd Gwener, hedfan Iogaidd. Mae'n ddydd Llun heddiw, felly y Koran amdani. Dere gyda fi ac fe gei di weld…

*   *   *

Safai Ger a Stone yn y coridor wrth ymyl neuadd yr ysgol. Wrth edrych drwy'r ffenestr gallai Ger weld athrawon yn eistedd mewn rhes ar lwyfan, ac o'u blaenau roedd plentyn yn cael trafferth wrth geisio darllen o'r llyfr mawr.

—'Ar y diwrnod hwnnw bydd ef yn eich casglu. Hwnnw fydd y diwrnod tywyll. I'r sawl sydd yn credu yn Allah fe fydd maddeuant…'

Wedi i'r darlleniad orffen clywodd Ger lais oedd yn gyfarwydd rywffordd yn gweiddi dros y neuadd.

—Darlleniad gwarthus! *Hopeless recitation…* Gwarthus. *Disgraceful.*

Roedd yn amlwg mai'r prifathro oedd yn siarad oherwydd aeth ymlaen i sôn am rai o berfformiadau timau'r ysgol dros y penwythnos. Fel arfer mae plant yn cymeradwyo ar ôl clywed am fuddugoliaeth, a'r unig rai sy'n chwerthin pan fydd yr ysgol yn colli yw'r rhai tew neu'r rhai eiddil, nad ydynt yn gweld pwynt cystadlu mewn chwaraeon beth bynnag. Yn yr ysgol hon, fodd bynnag, wedi i'r prifathro gyhoeddi'r canlyniadau daeth sŵn griddfan isel o'r neuadd, a phan edrychodd Ger gwelodd y plant yn bwrw'u pennau ac yn tynnu ar eu dillad yn y dull Shi'ite.

Esboniodd Stone bod addysg aml-ddiwylliannol yn rhan o'r Cwricwlwm Cenedlaethol, a bod y prifathro'n awyddus iawn i'r plant drwytho'u hunain yn arferion diwylliannol a chrefyddol pobl eraill.

—Gobeithio nad yw e'n mynd yn rhy bell wrth addoli crefydd Jiwdea, dywedodd Ger.

—Dere 'mla'n, mae'n well i ni fynd cyn eu bod nhw'n gadael y gwasanaeth, ac yn dy ddal di yma, awgrymodd Stone.

Esboniodd Ger ei fod wedi dod i'r ysgol i ddysgu, nid i wylio'r gwasanaeth, a bod hawl ganddo fod yno. Arweiniodd Stone ef at ystafell y prifathro, a sylwodd Ger ar yr esgidiau oedd yn bentwr ar y llawr y tu allan i'r neuadd.

Pennod 20

SAFAI GER y tu allan i ystafell y prifathro, ac yn sefyll wrth ei ymyl roedd anffodusyn arall, bachgen tua deuddeng mlwydd oed. Doedd Ger ddim yn awyddus i siarad â'r crwt oedd yn gwenu'n swil arno oherwydd cynghorwyd ef gan Stone i beidio dweud gair wrth y plant. Geiriau olaf Stone wrth ei adael oedd...

—Paid bod yn ffrind iddyn nhw, Ger... sori, Ian... ond Syr neu Mistar...

Ar y funud honno, sylweddolodd Ger yn syth nad oedd yn gwybod beth oedd cyfenw'r Parchedig Ian. Sut wnaeth e anghofio gofyn rhywbeth elfennol fel hynny? Dechreuodd disian, a dechreuodd ei drwyn redeg. Gyda'i ben yn ei facyn gwelodd ddyn tew yn symud lawr y coridor tuag ato gyda'i fantell yn chwifio. Cerddai fel Bendigeidfran ar spid!

—Aha! Mr Williams, *come in*, dewch mewn.

Mae'n amlwg mai Williams yw cyfenw'r Parchedig, meddyliodd Ger â rhyddhad. Dilynodd y Prifathro i'w ystafell. Rwy'n siŵr 'mod i wedi gweld hwn rywle o'r blaen, tybiodd.

—*Sit down*, eisteddwch, gorchmynnodd y Prifathro yn ei lais mawr.

Eisteddodd Ger a sylweddolodd fod y bachgen ifanc fu'n sefyll y tu allan i ystafell y Prifathro yn eistedd mewn cadair ar y dde iddo. Safai'r Prifathro â'i gefn at y ddau, yn syllu allan drwy'r ffenestr.

—Reit 'te. Pocedi mas. Pocedi mas, chwyrnodd, ac yn

baflofaidd estynnodd Ger am ei bocedi a dechrau eu gwagio.

—*Not you*. Nid chi. Eich mab...

Yna eisteddodd a thynnu ei esgidiau, cyn dweud, Esgusodwch fi am eiliad.

Pwysodd fotwm ar y ddesg a dechrau siarad mewn i feicroffôn o'i flaen. Roedd yn amlwg yn mynd i siarad ar y Tanoi.

—Prifathro'n siarad, a gaf eich sylw, os gwelwch yn dda. *Headmaster speaking can I have your attention please*. A wneith yr athro sy'n gwisgo pâr o esgidiau Docs sy'n rhy fawr iddo fe ddychwelyd y rhain i ystafell y Prifathro ar unwaith. Diolch. Bing Bong.

Trodd i'w hwynebu. Esboniodd fod rhyw athro wedi cymryd yr esgidiau anghywir wrth adael y gwasanaeth, ac wrth iddo siarad crafai Ger drwy'i gof yn ceisio cofio sut yr oedd yn ei adnabod. Ac yna'n sydyn, cofiodd.

Hwn oedd y dyn tew yn y Cnapan oedd wedi bod yn gwylio'r stiwardiaid yn rhoi cosfa iddo! Suddodd Ger yn ddyfnach i'w sedd, yn griddfan yn ddistaw bach wrtho'i hun.

Yn y cyfamser roedd y bachgen oedd yn eistedd yn ei ymyl yn ceisio dangos nodyn i'r prifathro, ond doedd hwnnw ddim wedi sylwi.

—*Empty your pockets*. Gwagiwch eich pocedi, taranodd unwaith yn rhagor.

Ufuddhaodd y bachgen ac ar y bwrdd o'i flaen gwelodd Ger gynnwys pocedi disgybl ysgol: un feiro Bic, pecyn o Polos, amserlen, a phecyn o sigarennau.

—Aha! Lambert and Butlers, Williams. *Very interesting*. Diddorol iawn, gwaeddodd y Prifathro.

Edrychodd yn ofalus ar y bachgen, a sylwodd Ger ei fod yn syllu ar ei draed o dan y bwrdd.

—*What's these white socks*? Beth yw'r socs gwyn 'ma? sgrechiodd, gan godi a chydio yn y bachgen a'i ysgwyd yn ffyrnig.

Ceisiodd Ger suddo'n ddyfnach i'w sedd. Beth os wneith y diawl fy nabod i? Dynwared athro... Beth fydd y gosb? Carchar? Neu'n waeth byth, gorfod dysgu bale yn y Gorbals!

Trodd y Prifathro i siarad â Ger.

—Nawr, does dim ots 'da fi os yw eich bachgen yn ysmygu, Mr Williams. Rhyngddo fe a'i ysgyfaint yw hynny. Ond alla i ddim dioddef gweld plant yn gwisgo sanau gwyn yn yr ysgol hon. Y'ch chi'n deall? Safonau, mae'n rhaid cynnal safonau. Dyma'r pedwerydd tro i fi ei ddal. Dim ond eu golchi nhw gyda'r dillad tywyll sydd angen i chi wneud.

—Nid tad... Nid Williams... Athro cyflenwi... Sori... Annwyd... Ddim yn teimlo'n dda, mwmiodd Ger.

Edrychodd y Prifathro'n syn arno, ac ar yr un pryd sylwodd fod y bachgen wedi bod yn ceisio dangos nodyn iddo. Cymrodd y nodyn a'i ddarllen yn frysiog.

—Bant â chi, Williams. *Off you go*. Fe wela i'ch tad yfory.

Wrth i'r bachgen ddianc cyn gynted ag y medrai gwelodd Ger ddyn ifanc yn sefyll yn nrws yr ystafell. Hwn oedd yr un oedd wedi cilio'r bore hwnnw pan oedd Ger yn sefyll yn nhwll y clawdd. Roedd yn amlwg ei fod yn un o gwsmeriaid y gwerthwr cyffuriau, a'i fod wedi dychryn ar ôl gweld wyneb anghyfarwydd Ger.

—Prifathro, eich esgidiau. Mae'n flin 'da fi.

—Dim problem, Mr Edwards, rhuodd y Prifathro, gan gymryd yr esgidiau a throsglwyddo'r rhai oedd ganddo dan y ddesg i Mr Edwards. Sleifiodd hwnnw oddi yno yn fân ac yn fuan yn ei esgidiau Docs.

Bu tawelwch am ychydig wedyn wrth i'r Prifathro

ddarllen drwy ei nodiadau.

—Croeso i Ysgol Pengelli, Mr Griffiths.

Teimlodd Ger ryddhad mawr unwaith eto o wybod o'r diwedd beth oedd cyfenw'r Parchedig.

—Mae'n dweud fan hyn eich bod chi'n mynd i fod gyda ni am fis, fel athro cyflenwi yn dysgu – cymerodd gipolwg cyflym ar ei nodiadau – A! Cerdd. *Music. Excellent.* Da iawn… ac wrth gwrs yn cymryd dosbarthiadau eraill pan fydd angen. Esgusodwch fi am eiliad… Prifathron siarad, a gaf eich sylw, os gwelwch yn dda. *Headmaster speaking can I have your attention please.* Bydd cyfarfod yr Urdd yn ystafell tri am hanner awr wedi un. *Urdd meeting in room three at ten past one.* Diolch yn fawr… Bing Bong.

Trodd i wynebu Ger eto.

—Rwy'n dueddol o roi'r amser yn anghywir yn y Saesneg fel bod y di-Gymraeg yn gorfod canolbwyntio pan fydda i'n siarad Cymraeg, iaith y Nefoedd! esboniodd.

Yna gwenodd y Prifathro. Mae'n rhaid i fi esbonio o'r dechrau bod dim gobaith gennych chi dderbyn swydd barhaol gyda ni. Rwy eisoes wedi penodi person newydd, a bydd hwn yn dechrau ym mis Ionawr. Ry'ch chi'n llenwi bwlch, fel petai, tan ei fod yn gorffen ei draethawd doethuriaeth yn Rhydychen. Esgusodwch fi… Prifathro'n siarad, a gaf eich sylw, os gwelwch yn dda. *Headmaster speaking can I have your attention please.* Ni fydd y Clwb Cynghanedd yn cyfarfod yn ystafell saith am gwarter wedi un. *The Strict Metre Poetry Club has been disbanded.* Diolch yn fawr… Bing Bong.

Trodd ei sylw yn ôl at Ger eto.

—Mae'n rhaid i fi esbonio rhai pethau i chi, Mr Griffiths. Chi'n gweld, does 'da ni ddim athro cerdd oherwydd fe ymosododd e ar ein cyn-ofalwr, Mr Jones, yn gyhoeddus.

Anffodus iawn. Roedd y ddau yn casáu ei gilydd, ond wedi'r digwyddiad hwn doedd 'da fi ddim dewis ond diswyddo'r ddau ar ôl yr achos llys cyn hanner tymor. Rwy'n teimlo'n rhannol gyfrifol am y peth a dweud y gwir...

Pwysodd ymlaen cyn dechrau siarad eto.

—Chi'n gweld, rwy'n aelod o bwyllgor gwaith Gŵyl Werin y Cnapan, a fi wnaeth drefnu bod y ddau yn cael gwerthu byrgers ar faes yr Ŵyl eleni. Fe aeth hi'n draed moch... yn ffeit. Y'ch chi'n hoffi cerddoriaeth werin, Mr Griffiths?

Dechreuodd Ger chwysu wrth iddo gofio mai ef oedd yn rhannol gyfrifol am yr anghytundeb rhwng Mr Eidion a Mr *Veggie.*

—A dweud y gwir does gen i ddim llawer o ddiddordeb mewn miwsig, atebodd Ger yn sigledig.

—O! Braidd yn anarferol a chithau'n athro cerdd, cuchiodd y Prifathro, gan graffu'n fanwl ar wyneb Ger.

—O... O... Dim ond cerddoriaeth glasurol wrth gwrs... achubodd Ger ei hun yn gyflym.

—Wrth gwrs... Jac a Wil a Richie Tomos ac yn y blaen, nodiodd y Prifathro. Esgusodwch fi eto... Prifathro'n siarad, a gaf eich sylw, os gwelwch yn dda. *Headmaster speaking can I have your attention please.* Rwy am weld S, Bwp a Bastard yn f'ystafell i *nawr. I want to see S, Bwp and Bastard in my room now please.* Ry'ch chi'n gwybod pwy y'ch chi. *You know who you are. Now.* Diolch yn fawr. Bing Bong...

Cododd y Prifathro ar ei draed.

—Y plant 'ma a'u llysenwau, twt twt. Does gen i ddim syniad pwy y'n nhw, cofiwch. Mae'n ffodus ein bod yn tyfu lan ac yn anghofio'r arfer o ddefnyddio llysenwau, on'd yw hi...

Meddyliodd Ger am Pelé, Escoffier a Bill Bombay, ond

cytunodd â'r Prifathro serch hynny.

—Ta beth, mae'n rhaid i fi gyfaddef nad ydyn ni'n hoff iawn o athrawon cyflenwi yn yr ysgol hon. Anaml iawn fyddwn ni'n eu defnyddio. Chi yw'r athro cyflenwi cyntaf i ni ei gael yma ers i'r ysgol eithrio o ofal yr awdurdod flwyddyn yn ôl, ac fe fydda i'n cadw llygad arnoch chi, taranodd yn fygythiol. Oes unrhyw gwestiwn 'da chi?

Roedd y Parchedig wedi llunio rhestr o gwestiynau call i ofyn i'r Prifathro, a phenderfynodd ofyn un o'r rhain.

—Y'ch chi'n cael canlyniadau arholiad da yn yr ysgol hon? gofynnodd wrth lyncu'i boer.

Edrychodd y Prifathro arno'n gam. Cwestiwn gwirion i'w ofyn gan athro cyflenwi, meddyliodd Ger yn syth. Ond aeth y Prifathro ati i ateb ei gwestiwn er hynny,

—Rhagorol. *Excellent*. Rhagorol. Ry'n ni'n dringo yn y tablau bob blwyddyn. Yn yr arholiadau TGAU llynedd cafodd chwe deg wyth y cant o'r plant oedd yn sefyll o'r ysgol hon pum gradd rhwng A seren a C.

—Mae'n rhaid bod y plant sy'n dod i'r ysgol hon yn rhai disglair ofnadwy, tyllodd Ger yn ddyfnach.

Chwarddodd y Prifathro.

—'Machgen bach i. *Dear boy*. Mae'r cyfan yn dibynnu ar y bwrdd arholi. Ry'n ni'n gweithredu mewn marchnad rydd yn y byd addysg, ac fel gyda phob marchnad mae'n rhaid darparu ar gyfer y cwsmer. Ry'n ni'n dewis byrddau arholi sy'n cynnig papurau... beth ywr gair?...

—Haws? cynigiodd Ger.

—Papurau sy'n ateb ein gofynion ni yn well, anwybyddodd y Prifathro ei awgrym. Mae'r system yn cadw pawb yn hapus. Mae'r bwrdd yn hapus am fod mwy o ddisgyblion yn sefyll arholiadau gyda nhw; mae'r ysgol yn hapus am fod y canlyniadau'n well, ac mae'r rhieni'n hapus i feddwl eu bod wedi magu Mozarts ac Einsteins bach.

—Mae'n swnio fel loteri i fi, dywedodd Ger.

—Yn hollol, dyw bod yn dda ddim yn ddigon erbyn hyn.
Mae'n rhaid ennill. A 'ngwaith i fel prifathro yw gwneud
yn siŵr bod yr ysgol hon yn fuddugol.

Cnociodd rhywun y drws, a thybiodd Ger bod S, Bwp
a Bastard wedi cyrraedd. Cerddodd y Prifathro at y drws
a chydio yn y bwlin i ddangos fod y cyfweliad ar ben. Cyn
ei agor dywedodd,

—Yn anffodus ni fydd Ms Rees, Pennaeth yr Adran
Gerddoriaeth, yma tan amser cinio. Mae wedi gorfod mynd
i'r Amwythig i brynu telyn newydd i'r ysgol. Roedd yn rhaid
cael un newydd wedi i'r cyn-ofalwr roi pen yr athro cerdd...
Ond 'na fe, does dim angen i chi wybod am hynny...

Agorodd ddrws yr ystafell.

—Os ewch chi drws nesa fe wneith yr ysgrifenyddes roi
gwybod i chi ble i fynd ac yn y blaen. O, a gyda llaw Mr
Griffiths. Sanau du neu lwyd yfory plîs, nid rhai porffor
a melyn. Dyw hi ddim yn talu ffordd i *encourager les autres*
fel petai. Dydd da.

Wrth iddo adael yr ystafell gallai Ger glywed y
Prifathro'n taranu wrth y tri disgybl anffodus oedd yn
sefyll wrth ei ddrws.

—Reit. Ry'ch chi'ch tri wedi bod yn ysgrifennu bardd-
oniaeth ar waliau'r toiledau ac nid yw'r ysgol hon yn
caniatáu hynny! Ac englynion o bopeth! Fel cosb rwy wedi
cau'r Clwb Cynghanedd. Rhoi ban ar y Clwb Cynghanedd!
Beth sy 'da chi i'w ddweud am hynny? Hy!?

Tawelwch.

—Rwy'n synnu atoch chi. Ti, Rowland Hughes, a ti, James
Jones, ac yn enwedig ti, Llew Jones!

Pennod 21

DERBYNIODD GER ei amserlen wrth yr ysgrifenyddes ac aethpwyd ag ef i'w ystafell ddysgu. Dau Portakabin wrth ymyl y caeau chwarae oedd yr Adran Gerdd yn yr ysgol hon, ac wrth sefyll wrth ddrws un o'r ddau pwyntiodd yr ysgrifenyddes at y geiriau blwyddyn 10 oedd ar ei amserlen ar gyfer y ddwy wers olaf cyn cinio.

—Byddwch yn ofalus o blwyddyn 10! Bygers bach cas yw'r rheina.

Dechreuodd pethau'n dda. Yn ei wers gyntaf i flwyddyn 8 rhoddodd Ger nodiadau i'r plant ar Henry Purcell a ddarparwyd ar ei gyfer gan y Parchedig. Roedd y disgyblion yn awyddus i dderbyn gwybodaeth, a Ger yn ddigon bodlon i'w drosglwyddo. Teimlai Ger yn hapus nad oedd y Prifathro wedi ei adnabod ar ôl y ffrwgwd yn y Cnapan a'r rhyddhad yn ei wneud yn siriol gyda'r plant. Serch hynny roedd geiriau Stone yn dal i droi yn ei ben, gan achosi iddo edrych ar droad bysedd y cloc â chryn bryder.

Daeth un ar ddeg o'r gloch ar ei warthaf, a gorfodwyd Ger o flaen y bygers cas, tri deg ohonyn nhw. Roedd gan y bechgyn walltiau hir, ac roedd mwstashys yn dechrau tyfu dan eu trwynau. Doedd y merched ddim yn edrych fawr gwell. Penderfynodd Ger mai dyma ei gyfle i ddangos y fideo Oasis, ac anfonodd un disgybl oedd yn edrych fel Carlos y Jacal i nôl y peiriant. Ddeng munud yn ddiweddarach dychwelodd y plentyn yng nghwmni athro yn ei bumdegau.

—Fe weles i hwn yn rhedeg mas o'r ysgol gyda chwaraewr

fideo dan ei gesail. Anfonwch rywun call y tro nesa plîs, neu ewch i nôl y peiriant eich hunan, dwrdiodd hwnnw.

Dechreuodd y plant wylio fideo Oasis a chafwyd trefn yn yr ystafell am ychydig.

Wedyn clywyd llais cras y prifathro ar y Tanoi.

—Prifathro'n siarad, a gaf eich sylw, os gwelwch yn dda. *Headmaster speaking, can I have your attention please.* Rwy ishe gweld Emyr Williams o blwyddyn 10 yn fy ystafell i nawr. *Emyr Williams from year 10 to come to my room now.* Diolch yn fawr. Bing Bong.

Cododd Williams a cherddodd at y drws yn sŵn chwibanu'r disgyblion eraill. Trefn eto am ychydig, ac yna torrodd llais y Prifathro ar draws y cyfan unwaith yn rhagor...

—Prifathro'n siarad, a gaf eich sylw, os gwelwch yn dda. *Headmaster speaking, can I have your attention please.* Rwy ishe gweld pwy bynnag sydd wedi bod yn bwlian Emyr Williams o blwyddyn 10 yn fy ystafell i nawr. *I want to see whoever has been bullying Emyr Williams of year 10 in my room now. You know who you are!* Diolch. Bing Bong.

Gyda hynny cododd gweddill y dosbarth a cherdded allan drwy'r drws ar eu ffordd i ystafell y Prifathro.

—Mewn undeb mae nerth, lleisiodd Ger wrth yr ystafell wag, a phenderfynodd fynd am ginio.

*   *   *

Roedd alergedd Ger ar ei waethaf wrth iddo gerdded ar hyd y coridorau. Cerddodd tuag at ffreutur yr ysgol gyda'i drwyn yn ei facyn, gan geisio osgoi cael ei sathru gan y plant oedd yn rhedeg at yr adeilad. Cymerodd Ger bryd o basti a sglodion o'r cownter ac wedi talu amdano wrth y til cerddodd at grŵp o athrawon oedd yn eistedd wrth fwrdd ym mhen draw'r ystafell. Pan gyrhaeddodd y bwrdd sylweddolodd ei fod yn llawn, a bod yr athrawon yn cynnal trafodaeth frwd, felly penderfynodd eistedd ar fwrdd cyfagos. Ni chymerodd unrhyw un unrhyw sylw ohono, ac roedd yn amlwg bod athrawon profiadol fel y rhain yn ystyried nad oedd gwerth siarad ag athrawon cyflenwi. Clustfeiniodd a chlywodd rhan o'u sgwrs.

—...Felly faint o ddirwy gafodd e? gofynnodd menyw yn sur. Athrawes Gymraeg mae'n siŵr, tybiodd Ger.

—Dau gan punt, a gorchymyn i gadw'r heddwch am ddwy flynedd, nododd y dyn oedd yn eistedd â'i gefn at Ger.

—Ond sa i'n deall pam ddechreuodd y gofalwr bigo arno fe. Ro'dd y ddau yn arfer bod yn ffrindiau gorau. Beth achosodd y ffrwydriad? Beth oedd y catalydd? holodd yr athro cemeg.

—Yr hyn glywes i oedd bod y ddau wedi penderfynu dechrau'r un math o fusnes, ac roedd y naill yn mynnu mai'r llall oedd wedi dwyn y syniad...

—Ond sa i'n deall pam bod y Prifathro wedi gadael iddyn nhw wneud y fath beth, a'r ddau gyda swyddi llawn-amser, ysgydwodd yr athrawes goginio ei phen mewn anneall-twriaeth.

Atebodd y dyn oedd â'i gefn at Ger.

—Roedd e'n gyfle i godi proffeil yr ysgol yn y gymuned, on'd oedd? Er bod y ddau'n cystadlu yn erbyn ei gilydd roedd popeth yn mynd yn iawn, hynny yw, tan i ryw foi ddechrau cwyno am ein byrgers ni yn y Cnapan, ac fe benderfynodd Jones y gofalwr ochri gydag e...

Bu bron i Ger dagu wrth iddo sylweddoli mai'r dyn oedd yn siarad oedd Roger, ffrind Mr Eidion. Gwthiodd ei blât o'r neilltu, a dechreuodd chwysu eto. Roedd wedi colli'i chwant am fwyd yn gyfan gwbl. Penderfynodd mai dianc fyddai orau. Cododd yn gyflym a gwthio'i gadair yn ôl, ond wrth wneud hynny ni welodd y fenyw oedd yn cerdded tuag ato'n gyflym yn cario hambwrdd. Trodd Ger am y drws yr eiliad y daeth y fenyw heibio, a baglodd Ger i gôl y fenyw, a disgynnodd y ddau i'r llawr yn bendramwnwgl, gyda'r hambwrdd a'i gynnwys yn glindarach ar lawr. Aeth y ffreutur yn ddistaw am eiliad, ac yna cododd yr hwtio arferol i adleisio'n fyddarol drwy'r neuadd.

—wwwwwwwWWWWWWW! gwaeddodd y plant wrth eu boddau.

Ceisiodd Ger godi'n gyflym ac estynnodd law i helpu'r fenyw i godi. Syllodd y fenyw ar wyneb Ger yn syn.

—Chi! sibrydodd hithau mewn sioc.

Edrychodd Ger arni, a chofiodd mai'r tro diwethaf iddo weld hon oedd mewn toiled gyda Frank Wright yng Ngŵyl Werin y Cnapan.

—Helô eto, meddai Ger, wedi'i synnu gymaint fel na allai feddwl am ddim arall i'w ddweud.

*   *   *

Roedd Ms Margaret Rees yn eistedd wrth y delyn a brynodd yn yr Amwythig y bore hwnnw yn ceisio tiwnio'r tannau, tra oedd Ger yn eistedd gyferbyn â hi yn ei gwylio.

—Rwy'n credu y bydd yn rhaid i ni'n dau gael rhyw fath o gytundeb, Mr Griffiths, dywedodd yn y man wrth droi'r allwedd oedd yn tiwnio'r tannau.

Nodiodd Ger i ddangos ei fod yn cytuno, gan wingo yn ei sedd wrth weld y tannau'n tynhau'n llym dan ddwylo medrus yr athrawes.

—Ry'ch chi'n gwybod rhywbeth am fy ngorffennol i, er cyn i chi gamddeall yr hyn weloch chi yn y Cnapan, mae'n rhaid i chi ddeall 'mod i dan bwysau aruthrol ar y pryd. Camgymeriad oedd y peth. Wrth gwrs, fe ddysgais dipyn am eich personoliaeth chi y noson honno, ac fe fydden i'n awgrymu eich bod yn chwilio am gymorth seiciatry-ddol cyn gynted ag y bo modd. Hefyd mae Roger...

—Roger? gofynnodd Ger.

—Roger yw'r athro Bioleg wnaeth ymosod arnoch chi ar ôl i ni gael damwain gynnau fach yn y ffreutur. Mae Roger o'r farn eich bod chi'n gyfrifol ryw ffordd am y ffrwgwd rhwng Jones y gofalwr ac Emlyn yn y Cnapan—

—Ond—

—Gadewch i mi orffen, Mr Griffiths. Rwy wedi cael gair bach gyda Roger i'w sicrhau nad chi oedd yn gyfrifol, gan awgrymu mai rhywun tebyg i chi ydoedd. Felly fe gewch chi lonydd o hyn ymlaen. Ond, os bydda i'n canfod eich bod wedi crwydro oddi ar y llwybr cul unwaith, fe wna i'n siŵr na fyddwch chi'n dysgu byth eto. Ydych chi'n deall?

—Ond pam wnaeth Roger ymosod arna i? gofynnodd Ger.

—Am ei fod yn bartner i Emlyn...

—Yn y busnes byrgers?

—Na. Dy'ch chi ddim yn deall. D'ych chi ddim yn ddigon aeddfed i ddeall beth bynnag. Nawr rwy'n credu y gallwn ni anghofio am bopeth sydd wedi digwydd... Rwy'n credu bod dosbarth yn aros amdanoch chi, Mr Griffiths, awgrymodd gan bwyntio at y drws

Wrth gerdded at ei ystafell ddosbarth chwiliodd Ger am rywbeth yn ei boced. Daeth ar draws y tocyn roddodd Tony iddo i glwb nos Spankers, ac wedi syllu arno am amser hir penderfynodd y byddai'n well cymryd cyngor Ms Rees a chadw draw o'r fath le. Doedd e ddim am golli ei swydd. Rhwygodd y tocyn yn ddarnau mân a'i daflu i'r bin.

Pennod 22

WRTH I GER DDYSGU CREFFT yr athro roeddwn innau'n ceisio meistroli crefft anoddach o lawer y tu ôl i far yr Angel. Wedi agor y drws am un ar ddeg bûm yn sefyll yno am dros awr yn gwylio'r glaw yn arllwys, ac yn disgwyl fy nghwsmer cyntaf. Wrth i'r cymylau tywyllaf symud yn araf tua'r dwyrain gwelais berson yn hercian yn araf tuag at yr Angel yn cario dau fag yn llawn o nwyddau.

—Grog, stiward, bloeddiodd wrth hercian heibio i mi. A gwna fe'n ddyblar. Mae'r hen esgyrn 'ma'n gwingo fel y diawl heddi.

Tynnodd Bill Bombay bwrs bach lledr o'i boced, a bu'n ymbalfalu am dipyn wrth geisio cyfri ceiniogau i dalu am y ddiod.

—Rhowch e gadw. *On the house*. Am fod yn gwsmer cyntaf i fi, mynnais.

—Wel, diolch yn fawr.

—Dim problem. Mae'n wlyb ar y diawl heddi, sgwrsiais.

—Ddylet ti weld y *monsoons* yn Byrma yn '44. 'Na beth o'dd glaw. Mae hwn fel pishad pryfyn i gymharu â'r glaw mawr hynny.

Penderfynais gytuno â Bill, a phan aeth i eistedd wrth y lle tân ymunais ag ef. Penderfynais mai ei seboni fyddai orau. Wedi'r cyfan, doeddwn i ddim am gael gwared ar yr unig gwsmer oedd gen i.

—Dyw 'nghenhedlaeth i ddim wedi gweld llawer i'w gymharu â beth weloch chi. Fydd 'da ni ddim straeon cyffrous i'w hadrodd i'n hwyrion fel sydd 'da chi.

Bu Bill yn dawel am ychydig.

—Hmm, oedd yr unig beth ddywedodd Bill am sbel. Yna wrth i mi geisio meddwl am ffordd arall o godi sgwrs, cafodd yntau'r blaen arnaf.

—Debyg y dylen i esbonio cwpwl o bethau i ti am y Rhyfel. Un peth does neb yn sôn amdano yw pa mor ddiflas oedd hi. Wythnose heb ddim yn digwydd. Rwy'n cofio'r tro cynta i fi fod mewn brwydr. Cyn gynted ag y clywes sŵn bwledi ro'n i wedi llenwi 'nhrowsus a chuddio tu ôl i asyn. Rwy'n cofio meddwl 'Rwy'n bygyrd os wy'n mynd i farw fan hyn a Churchill yn cysgu'n saff yn ei wely'. Yn anffodus roedd yr asyn yn glyfrach o lawer na fi, ac ymhen tipyn sylweddoles i mai'r asyn oedd yn cuddio y tu ôl i fi! Wedyn fe ges i'n saethu yn fy nghoes...

—Ond pam y'ch chi'n sôn am ryfel fel petai'n antur fawr wastad? gofynnais mewn penbleth.

—Gan mai dyna be mae pawb yn disgwyl i fi wneud. Fe ges i ryfel anobeithiol. Ar ôl cael fy saethu yn fy nghoes fe fues i mewn ysbyty am wythnose yn edrych ar ben-ole'r nyrsys. Ar ôl gadael yr ysbyty fe ddalies i Malaria, a phan ges i *leave* fe es i Bombay a dala dos o'r clap wrth ferch o'r enw Mina. A 'nôl a fi i'r 'sbyty. Fe dreulies i'r rhan fwyaf o fy ieuenctid yn y gwely, a dyw hwnna ddim lot yn wahanol i beth mae pobl ifanc yn gwneud nawr! Fe golles i fy blydi ieuenctid yn Byrma, gorffennodd yn chwerw.

—O leia roedd e'n rhyfel cyfiawn, dywedais.

—Dim ond wrth edrych 'nôl. Ddylen i ddim dweud hyn ond mewn ffordd rwy'n falch bod Auschwitz a Belsen wedi bodoli. Maen nhw'n cyfiawnhau yr holl bethe wnaethon ni... Pan gyrhaeddais i'n ôl o India yn 1947 doedd dim merched yn chwifiou nicyrs ata i i nghroesawu adref. Roedd Dad yn gweithio a Mam yn gwylio James Stewart

yn *It's a Wonderful Life* yn y pictiwrs... Dyna pam rwy'n
sôn cymaint am y rhyfel. Hwnna oedd fy ieuenctid i. Dal
di arno fe... mae dy fywyd ar ben ar ôl dy ieuenctid.
—Gymerwch chi dri arall? cynigais i un o wir arwyr yr
Ail Ryfel Byd.

*   *   *

Pan ddaeth Ger i'r Angel ar ddiwedd y dydd adroddodd
yr hanes i gyd. Er ei fod wedi cael llond bol yn yr ysgol ar
ôl un diwrnod roedd yn rhaid iddo geisio cadw'i swydd,
ac roedd yn poeni fwyfwy y byddai ei dad yn dod â'r tîm
pêl-droed draw i gystadleuaeth Ian Rush unrhyw ddydd.

Serch hynny, ar ôl y diwrnod cyntaf dechreuodd
pethau wella yn yr ysgol. Dechreuodd ddangos y fideos
Pulp, Catatonia a'r Super Furry Animals i'r plant a
llwyddodd felly i gynnal trefn yn y dosbarth. Roedd y
graith ar ei foch hefyd yn helpu, gyda'r plant yn ei wylio'n
ofalus rhag ofn y byddai'n tynnu cyllell o'i boced a'u
trywanu.

Fel gyda phawb arall sy'n gweithio mewn gwaith llawn-
amser roedd gwddf Ger yn sych erbyn nos Iau, ond
penderfynodd y byddai'n well iddo weithio y tu ôl i'r bar
yn yr Angel na mentro i glwb nos Spankers i weld Pete yn
perfformio. Wrth gwrs, roeddwn i wedi bod yn gweithio
y tu ôl i'r bar drwy'r wythnos, ac roedd noson yn gwylio
Pete yn apelio'n fawr ataf, yn enwedig gan fod gen i docyn
mynediad yn rhad ac am ddim diolch i Tony a Frank.
—Fe gei di gwmni i fynd gyda ti heno, dywedodd Ger,
wrth i mi sipio hanner o chwerw.
—Pa gwmni? gofynnais.
—Co fe'n dod nawr, nodiodd i gyfeiriad drws y dafarn, a

gwelais Stone yn dod mewn yn gwisgo sgidiau cowboi, pâr o fflêrs gwyn, a chrys oedd ar agor hyd ei fotwm bol.

—Sa i wedi cael cyfle i fynd mas ers ache, esboniodd Stone pan ymunodd â ni wrth y bar.

—Er 1978 glei yn ôl dy olwg di, gwawdiais innau. Sut gest di docyn? Ro'n i'n meddwl eu bod nhw wedi gwerthu mas.

—*Complimentary* gan Tony a Frank. Fues i'n gwneud bach o waith iddyn nhw, atebodd gan roi winc fach ar yr un pryd.

—O leia fe gei di gyfle i arllwys cwrw a thaflu dy ffags ar lawr rhywun arall, heb orfod poeni am lanhau yn y bore, meddai Ger.

—Digon gwir, cytunodd Stone gan chwerthin, ac aeth ati i arllwys ychydig o'i ddiod ar lawr, a thaflodd ei sigarét i gornel yr ystafell.

Chwarddodd Ger a Stone.

—*Cinderella, you shall go to the ball!* datganodd Ger wrth Stone gan chwerthin yn uchel eto.

Chwarddais innau hefyd, nes i mi gofio mai fi oedd yn mynd i orfod glanhau'r llawr drannoeth.

*   *   *

Wedi cerdded mewn i glwb nos Spankers heibio i griw o *bouncers* anferth a chael diod wrth y bar fe es i a Stone i eistedd wrth fwrdd yng nghefn yr ystafell. Er i ni geisio cynnal sgwrs roedden ni fel dau bysgodyn aur yn agor a chau'n cegau, gyda'r un o'r ddau yn deall beth roedd y llall yn ei ddweud oherwydd y gerddoriaeth fyddarol. Dechreuodd y clwb lenwi a sylwais fod pobl wedi gwisgo'n smart iawn yn mynd i fod yn rhan o'r gynulleidfa y noson honno. Pwyntiodd Stone at nifer o gynghorwyr oedd newydd gyrraedd, gan nodi mai Maer y Dref oedd y dyn tew oedd yn gwisgo cadwyn aur, a sylwais hefyd fod Moelwyn Lewis y Trydydd yno. Yn y cornel, mewn siwmper Pringle felen, gyda lliw haul oedd yn gwneud iddo edrych fel Zapata, eisteddai Elfed Oakes. Yna dechreuodd Stone chwerthin, ac esboniodd mai'r dyn tew oedd newydd gerdded drwy'r drws oedd prifathro Ysgol Pengelli, a chwarddodd y ddau ohonom wrth gofio helbulon Ger druan.

Erbyn hyn roedd tua dau gant yn yr ystafell, i gyd yn ddynion wrth gwrs. Tawelodd y gerddoriaeth a symudodd y Maer tuag at y llwyfan yn araf. Wedi ceisio dringo i'r llwyfan a methu, cafodd gymorth gan ddau ddyn cryf a llwyddodd yn y pen draw wedi peth stryffaglio i gyrraedd y meicroffôn.

—Foneddigion a boneddigesau, *Ladies and gentlemen*, *Mesdames et…* Stopiodd siarad ar ôl sylweddoli mai dim ond dynion oedd yno.

—Foneddigion a boneddigion, *Gentlemen and gentlemen*, *Monsieurs et monsieurs*. Mae hon yn noson hanesyddol i'n tref fach ni. Rydyn ni wedi llwyddo i ddenu rhai o dalentau MWYAF Prydain yma am noson Cabaret. Y digrifwr enwog Terry Smiles, sy'n enwog am… am… am fod yn ddigri, ac am ei bortread anfarwol o ddigrifwr mewn pennod o'r *Bill*. Yn ogystal fel rhan o'r sioe heno bydd Les Girls yn perfformio, rhai o ddawnswyr egsotig mwyaf egsotig Prydain. Ac i goroni'r cyfan rwy'n falch iawn i fedru dweud bod bachgen lleol hefyd yn mynd i'n diddanu. Bydd y sioe yn dechrau gydag Owain Arian. Ond cyn hynny, rwyf am nodi mai dyma'r tro cyntaf erioed i'r Cyngor noddi noson mewn cydweithrediad â chlwb nos

Spankers, ac ry'n ni'n gobeithio cynnal noson fel hon bob mis.

Derbyniodd gymeradwyaeth wresog, ac yna diolchodd i nifer o bobl am gynorthwyo gyda'r trefniadau. Roedd ar fin gadael y llwyfan ond cofiodd y byddai'n rhaid iddo gael cymorth, felly trodd a gadael drwy'r cefn gan gerdded i gyfeiriad yr ystafelloedd newid.

—Ble mae Tony a Frank, sgwn i? gofynnais i Stone.

—Ym... sa i'n siŵr, atebodd yntau gan ddangos yn glir ei fod yn gwybod yn iawn ble roedden nhw. Rwy'n credu falle fod rhywbeth gan Frank a Tony i wneud cyn dod 'ma, ychwanegodd.

Cyflwynwyd yr act gyntaf, Owain Arian, a cherddodd Pete i'r llwyfan i gyfeiliant cerddoriaeth. Tawelwch. Edrychodd y gynulleidfa arno'n geg agored. Gwisgai deits gwyrdd, a sgidiau gloyw tua thair troedfedd o hyd. Roedd ei wyneb wedi cael ei baentio'n wyn, gyda smotyn mawr coch ar bob boch. Ar ei wefusau peintiwyd gwên fawr ddieflig. Ond yr hyn a dynnai sylw'r dorf yn fwy na dim oedd y ffalws enfawr a glymwyd yn y man priodol, rhywbeth nas gwelwyd ei fath ers ffilmiau John Holmes.

Dechreuais chwysu, gan edrych ar yr hyn oedd yn digwydd ar y llwyfan drwy 'mysedd. O'r hyn y deallwn i roedd Pete yn ceisio cyfleu neges i'r gynulleidfa ar ffurf meim, a'r neges honno oedd bod dyn yn ffwcio ei gyd-ddyn. Ffordd Pete o geisio trosglwyddo hyn i ni oedd gosod y ffalws rhwng ei goesau ac esgus ei roi i fyny ei ben-ôl. Ar ôl gwneud hyn dechreuodd redeg rownd y llwyfan yn gweiddi, 'Catastroffi! Catastroffi! Catastroffi!' Roedd yn amlwg fod gan Pete dalent enfawr, sef y dalent anhygoel o allu digio cynulleidfa yn gynt na neb arall yn y byd!

Wedi gwylio'n dawel am funud neu ddwy dechreuodd

y gynulleidfa aflonyddu a dechreuodd ambell un daflu gwydrau at y llwyfan. Yn ffodus i Pete, gwydrau plastig a roddwyd i bawb y noson honno. Bu'n rhaid iddo adael y llwyfan yn fuan wedyn, ond wrth wneud hynny trodd at y gynulleidfa a gwenu'n fuddugoliaethus. Rhedodd Terry Smiles i'r llwyfan gyda meicroffôn yn ei law.

—*Good evening. My name is Terry Smiles... Mother Teresa, Sinead oConnor and Wasim Akram walk into a pub and...*

Ac yna'n sydyn chwifiodd ei freichiau yn yr awyr, taflwyd y meicroffôn o'i law, a syrthiodd yn glewt ar ei din ar y llawr. Roedd wedi llithro ar y cwrw a'r lager oedd wedi cael ei daflu at Pete. Wrth i Terry Smiles gael ei gario bant o'r llwyfan, sylwais ar un o'r *bouncers* yn mynd at y Prifathro a dweud rhywbeth yn ei glust. Cododd hwnnw ar amrantiad a gwthio drwy'r dorf am y drws allan. Bum munud yn ddiweddarach roedd y llwyfan wedi cael ei sychu ac roedd y Maer wedi ailymddangos o'r cefn.

—Foneddigion a boneddigion, *Gentlemen and gentlemen, Monsieurs et monsieurs...* ar ôl damwain anffodus Terry Smiles byddai rhain credu bod y sioe ar ben...

—A phawb yn cael eu harian 'nôl, heclodd llais o'r dorf.

—Ond na. Geiriau olaf Terry Smiles wrth i ddrws yr ambiwlans gau oedd '*The show must go on,*' ac felly, ffrindiau, dyma ddawnswyr egsotig gorau Prydain, Les Girls... a chiliodd y Maer i'r cefn unwaith eto i gymeradwyaeth y dorf.

Ymddangosodd pum merch dal ar y llwyfan yn gwisgo basgiau, syspendyrs, G-strings a sanau amryliw. Dechreuodd y sioe egsotig, a symudais i a Stone drwy'r dorf tuag at y llwyfan i gael gweld y sioe yn iawn. Roedd pawb erbyn hyn yn ceisio gwneud yr un peth, ond sylweddolais fod gan nifer o'r rhai oedd yn symud at y llwyfan farf ddu. Doeddwn i ddim wedi sylweddoli bod cymaint o *Rabbis* yn byw yn y dref!

Yn sydyn neidiodd tua deuddeg o'r *Rabbis* ar y llwyfan, ac roedd Stone wedi llwyddo i ymuno â nhw. Sylweddolais beth oedd yn digwydd pan agorwyd baner enfawr gan un o'r gwŷr barfog oedd yn dweud 'Feminisation not Exploitation'.

Ar yr un pryd dechreuodd y Rabbis dynnu eu dillad a'u barfau a sylweddolais mai menywod oedden nhw. Ceisient lapio aelodau Les Girls â'u dillad.

—Peidiwch becso. Ry'n ni 'ma i helpu, dywedodd un wrth y dawnswyr.

Wrth gwrs, roedd Stone ar y llwyfan heb syniad yn y byd beth oedd yn digwydd. Cododd un o'r cyn-*Rabbis* ei chrys-T a chydiodd ym mhen Stone a'i rwbio'n ei bronnau.

—Moga ynddyn nhw, y bastard, gwaeddodd.

Erbyn hyn roedd pandemoniwn llwyr yn yr ystafell gyda chadeiriau'n cael eu taflu a dyrnau yn chwipio drwy'r awyr ym mhob man. Cropiais drwy'r dorf ar fy mhen-gliniau, a gwelais Tony wrth fy ymyl yn gwneud yr un peth.

—Ble wyt ti wedi bod? gofynnais.

—Newydd gyrraedd. Beth yffarn sy'n digwydd? dywedodd wrth i berson lanio ar ei ben.

Defnyddiodd Tony ei ddyrnau i esbonio nad yw'n beth cwrtais i lanio ar ben rhywun sy'n cropian ar lawr. Wrth i mi gyrraedd y drws a chodi yn ofalus gwelais y cynghorwyr a'r pwysigion yn cael eu tywys drwy'r drws yng nghefn y llwyfan at yr ystafelloedd newid. Yn y pellter gallwn glywed sŵn seirenau y ceir heddlu yn agosáu.

Pennod 23

WRTH EISTEDD yn anghyfforddus mewn cadair yn yr ystafell athrawon bore drannoeth teimlai Ger yn flin nad oedd neb wedi meddwl dychwelyd i'r Angel ar ôl y sioe i adrodd yr hanes. Yn waeth byth roedd Roger Thomas yr athro Bioleg yn eistedd gyferbyn ag ef yn syllu arno. Bob hyn a hyn byddai'n symud ei ben ychydig er mwyn cael gweld Ger o ongl wahanol. Edrychodd Ger ar y cloc. Ugain munud i naw. Dechreuodd chwysu.

Daeth dyn ifanc i mewn i'r ystafell gan edrych o'i amgylch fel petai'n chwilio am rywbeth, yna croesodd yr ystafell a chyfarch Ger.

—Esgusodwch fi. Ai chi yw Mr Griffiths?

—Ie.

—Da iawn. Fi yw'r athro drama ac mae gen i ymarfer drama gerdd *Joseff* amser cinio, ac rwy'n bwriadu defnyddio'r camera fideo i ffilmio dwy olygfa fel bod y plant yn gallu gweld eu hunain yn perfformio, a sylwi ar eu camgymeriadau, dywedodd.

—Syniad da, atebodd Ger.

—Mae angen camera fideo'r ysgol arna i, ac fe ddywedodd y gofalwr... Scone rwyn credu...

—Stone...

—O, ie Stone... Fe ddywedodd Stone eich bod chi wedi benthyg y camera, a heb ddod ag e'n ôl, ac ro'n i'n meddwl falle...

—Gadewch e i fi, sgyrnygodd Ger gan godi.

Daeth o hyd i Stone yn rhoi bwced a mop mewn cwpwrdd yn ystafell y gofalwr.

—Ble mae'r camera fideo? bloeddiodd Ger.

Gwingodd Stone. Roedd ganddo ben tost ofnadwy.

—O, na... nid fi gafodd y syniad... Tony a Frank... Fe gethon nhw 'i fenthyg e ddoe... am un noson yn unig dd'wedon nhw ar y pryd... a bydde neb yn gw'bod? O diar!

—Ble mae'r camera nawr? gofynnodd Ger.

—Sa i'n gwybod. Ond ma' Tony a Frank wedi bod yn y cwb dros nos... gethon nhw 'u harestio.

—Beth?

Esboniodd Stone beth oedd wedi digwydd yng nghlwb nos Spankers y noson cynt, a sylweddolodd Ger yn syth bod cysylltiad rhwng y darn o'r stori oedd yn sôn am *'strippers'* a'r geiriau 'camera fideo'. Neidiodd y ddau i gar Stone a gyrru'n syth am y clwb nos. Wrth iddyn nhw yrru drwy gât yr ysgol dyma fws bach melyn yn mynd heibio iddyn nhw am yr ysgol.

*   *   *

Am bum munud i naw rhuthrodd y Prifathro mewn i'r ystafell athrawon yn diferu o chwys. Symudodd yr athro Saesneg ato'n betrusgar gan ddangos llythyr iddo.

—Mae'n flin 'da fi, Mr Prifathro, ond alla i ddim cymryd rhan yn yr Hedfan Yogaidd bore 'ma, mae 'nghefn i'n wael.

Edrychodd y Prifathro'n syn ar yr athro Saesneg.

—Mae gen i lythyr wrth Mam, ychwanegodd yr athro.

—Ble mae Ian Griffiths? gwaeddodd y Prifathro'n fygythiol.

*   *   *

Roedd arwydd wrth brif fynedfa clwb nos Spankers yn

datgan 'Closed until further notice'.

—O's drws cefn i'r lle 'ma? gofynnodd Ger.

—Yn ffodus i ti, fe fues i'n gweithio fan hyn fel glanhäwr am gyfnod byr cyn dechrau... atebodd Stone, cyn i Ger dorri ar ei draws.

—Does dim amser 'da fi i wrando ar dy atgofion di o '*My hundred favourite pub cleaning jobs*', gwylltiodd Ger. Ble mae'r blydi drws cefn?

Dechreuodd Stone gerdded i ffwrdd, ond trodd at Ger a dweud,

—Roedd Tony a Frank yn llawer mwy diolchgar pan wnes i gynnig dangos ffordd mewn i'r adeilad iddyn nhw, pwdodd.

Funud yn ddiweddarach roedd y ddau wedi dringo dros wal i iard gefn y clwb nos, ac wedi cryn chwilio sylwodd Ger yn y diwedd ar y camera fideo wedi ei glymu wrth biben ddŵr, gyda'r lens yn edrych yn syth mewn i ystafelloedd newid y merched.

—Rho *leg-up* i fi glou, dywedodd wrth Stone.

Pennod 24

ROEDD GEN I'R PEN TOST arferol pan ddeffrois i'r bore hwnnw, a phenderfynais ddefnyddio'r dacteg arferol i gael gwared arno, sef mynd am dro i'r dref. Pan fod gennych benmaenmawr ar ôl noson ar y cwrw, rydych yn sylwi ar bopeth sy'n digwydd, ac mae'r byd i weld yn afreal. Felly, doedd hi ddim yn syndod i mi roi'r bai ar yr alcohol pan welais Ger a Stone yn cyrraedd top y dref yn cario camera fideo, ac yn neidio i mewn i gar Stone a gyrru i ffwrdd cyn i mi gael cyfle i ddal eu sylw.

I ychwanegu at fy mhryder, y funud nesaf dyma ddyn ag un fraich yn cerdded tuag ataf yn siarad â'i hunan yn ddi-baid.

—Parchedig, gwaeddais arno, ac wrth groesi'r stryd tuag ato gwaeddais eto, gan sylwi y tro hwn bod dwy fraich ganddo ond ei fod yn cuddio un ym mhlygion ei got fawr.

Roedd yn edrych fel person oedd wedi bod yn yfed drwy'r nos.

—R... R... Rwy wedi bod yn yfed yn ddi-dor drwy'r nos. Fi'n... P...P...Pissed.

Gwelais ei fod yn cuddio potel o Johnny Walker yn ei got.

—Mae e i gyd ar ben! meddai'r meddwyn gyda'r dŵr yn cronni yn ei lygaid. Mae e i gyd ar ben!

—Beth sydd ar ben? gofynnais.

—Mae e i gyd ar ben! ailadroddodd, gan ddechrau siglo yn ôl ac ymlaen.

Cydiais yn ei fraich a'i arwain i gaffi cyfagos am gwpaned o goffi du.

—Mae e i gyd ar ben! udodd unwaith yn rhagor.

*　　*　　*

Fe eisteddon ni mewn sedd wrth y ffenest, a chyda haul bore clir o Dachwedd yn tywynnu ar wyneb y Parchedig gallwn weld erbyn hyn pa mor welw ydoedd. Wedi tri chwpaned o goffi dechreuodd sobri ddigon i fedru llunio brawddeg gydlynol.

—Mae e i gyd ar ben!

—Dechrau o'r dechrau, 'r hen foi. Beth sydd ar ben? gofynnais.

Roedd ei wefus isa'n crynu erbyn hyn a'r dagrau'n powlio lawr ei ruddiau.

—Mae e i gyd ar ben! Drosodd! *Caput*! Mae hi wedi gorfod gorffen 'da fi, ochneidiodd.

—Dy gariad... Ond pam?

Nid atebodd fy nghwestiwn, dim ond nadu eto, Mae e i gyd ar ben!

Cyn i mi gael cyfle i ddweud dim mwy clywais lais o'r tu ôl i mi yn cynghori,

—Paid â becso, Ian. Mae digon o golomennod ar y to. Ga' i slipio mewn fan hyn, fel ddywedodd y ficer wrth y wraig tŷ! Bwm Bwm! A dyma Pete yn ymddangos o rywle, a gwthio'i ben-ôl ar y sedd wrth fy ymyl.

Hwn oedd y tro cyntaf i mi weld Pete ers iddo adael llwyfan Spankers y noson flaenorol, ac wedi iddo eistedd archebodd bedwar *doughnut* a chwpaned o de.

—Paid â becso, Ian bach, fe ddaw rhywun arall 'to. Dyw perthynas ddim yn gallu para am byth. Mae'n well cael tri mis nwydus na dioddef perthynas oer heb gariad am weddill dy oes.

—Beth sydd wedi digwydd i ti? gofynnais i Pete.

—Mae e i gyd ar ben! wylodd y Parchedig.

—Ti'n iawn, Ian. Clefyd yw cariad, ac mae pawb yn dioddef ohono ryw bump neu chwe gwaith yn ystod eu bywydau. Dyw'r clefyd byth yn para mwy na rhyw dri neu bedwar mis...

—Beth amdanat ti a Melissa? gofynnais.

—Fel ddwedes i wrthot ti o'r blaen, roedd Melissa yn astudio Cymdeithaseg, a'i phrosiect diweddara oedd edrych ar y berthynas rywiol rhwng dyn a menyw. Fe ges i 'nefnyddio... Ond fyddet ti'n gwrthod petait ti'n cael cynnig bod yn rhan o'r fath brosiect?

—Na.

—'Na ni, 'te. Ond cofia di, roedd e'n fwy na pherthynas rywiol. Fe ddysgodd hi fi i barchu 'nghorff, ac fe ddysgodd hi athroniaeth a seicoleg a chymdeithaseg i fi. Ond neithiwr fe benderfynodd y ddau ohonon ni ein bod wedi dysgu popeth am ein gilydd, a'i bod yn bryd symud 'mla'n.

—Ond wyt ti wedi dysgu rhywbeth mewn gwirionedd? gofynnais. Rwyt ti'n ôl yn bwyta *doughnuts* unwaith eto.

—Ro'n i'n arfer meddwl mai oherwydd 'mod i'n dew ro'n i'n anhapus. Ond fe ddysges i mai oherwydd 'mod i'n anhapus ro'n i'n dew. Ac roedd yr holl jôcs brwnt 'na'n rhan o'r peth. Ro'n i'n adeiladu wal i gau'r byd mawr mas. Rhywbeth symbolig, esboniodd Pete.

—A beth oedd arwyddocâd y perfformiad 'na neithiwr? gofynnais.

—Teyrnged i fy ffrindie oedd hwnna, teyrnged i Tony, Frank, Ger, ti... a fi. Pan on i gyda Melissa fe ddangosodd i fi rai o ddefodau'r Indiaid Cochion. Roedd hwnna neithiwr yn seiliedig ar un or defodau hynny. Roedd i fod yn bedwar rhan... Ond wrth gwrs, ges i ddim cyfle i gwblhau'r cyfan. Mae pedwar arwr; y cyntaf o'r rhain yw'r triciwr sy'n sinigaidd a digalon, ond sy'n cael ei newid i fod yn ddyn erbyn y diwedd.

—Wrth gwrs, roedd y triciwr yn cynrychioli...

—Ti? dywedodd Pete, ac aeth ymlaen i esbonio'r gweddill. Yr ail ran yw'r ysgyfarnog sy'n cynrychioli person yn cael ei drawsnewid yn llwyr cyn mynd ymaith ar ei daith...

—Ti? cynigiais.

—Yn hollol. Mae'r drydedd ran yn cynrychioli'r corn coch sy'n gorfod dygymod â'i ofnau cyn medru chwilio am y gwirionedd...

—Ger?

—Yn hollol. A'r darn olaf yw'r un am yr efeilliaid sy'n cynrychioli dwy ochr dynol ryw, y tawel a'r deinamig, yr ufudd a'r dominyddol...

—Tony a Frank, gorffennais drosto.

Roedd Pete ar fin dechrau darlith athronyddol arall pan welodd Tony a Frank yn cerdded heibio'r caffi. Cnociodd y ffenest, ac edrychodd un ar y llall. Sibrydodd Tony yng nghlust Frank a diflannodd hwnnw i fyny'r stryd. Cerddodd Tony mewn i'r caffi a daeth i ymuno â ni wrth y bwrdd.

—Wel. Fe achosest di blydi llanast neithiwr, yn do fe... cyhuddodd Tony â gwên.

—*Que sera sera*, atebodd Pete yn athronyddol.

—Beth wnest di i gynhyrfu'r gynulleidfa fel 'na? gofynnodd Tony, gan iddo golli'r cyfan gan ei fod y tu allan i'r clwb nos yn clymu'r camera fideo yn ei le pan oedd Pete yn perfformio.

—Comedi'r corff, a dynwared pobl enwog. Yr unig reswm wnes i gytuno i berfformio oedd er mwyn i Melissa a'i ffrindiau allu cael tocynnau i ddod mewn. Rhyw fath o ffafr olaf cyn i ni wahanu...

—Diolch yn fawr, Pete. Diolch i ti a dy fêts fe fues i a

Frank yn y cwb am noson...

Deffrôdd y Parchedig o'i drwmgwsg yn sydyn a datgan yn uchel,

—Ffindiodd e'r llythyron!

Doedd gan neb ddiddordeb yn y Parchedig erbyn hyn.

—Beth ddigwyddodd i ti wedyn, Pete? gofynnodd Tony.

—Ar ôl i fi adael y llwyfan fe es i'n ôl i'r stafelloedd newid ro'n i'n rhannu gyda Les Girls. Wedyn, pan aeth Les Girls i'r llwyfan, fe adawes i weddill y protestwyr mewn drwy'r drysau tân yn y cefn. Ro'n i'n dal yn y stafelloedd newid pan ddychwelodd Les Girls ryw gwarter awr yn ddiweddarach gyda rhai o gociau mawr y dref... Chi'n gwybod, y Maer, Moelwyn Lewis, Elfed Oakes ac yn y blaen. Wnaeth neb fy nabod i gyda'r holl baent na ar fy wyneb. Ta beth roedd trefnwyr y noson wedi trefnu parti bach preifat i rai o'r pwysigion gael cwrdd âr merched ar ôl y sioe...

Fe welodd Pete bethau rhyfedd yn yr ystafelloedd newid y noson honno, a chawsom wybod y manylion i gyd ganddo.

—Roedd y Maer yn gwneud beth? ebychais.

—Roedd hi'n fodlon i Oakes wneud 'na? gofynnodd Tony yn wên o glust i glust.

Pan oedd Pete wrthi'n disgrifio un weithred gwbwl anfad rhuthrodd Frank i mewn i'r caffi.

—Mae rhywun wedi mynd ag e! gwaeddodd.

—Damo, rhegodd Tony a bangio'r bwrdd â'i ddwrn. Allen ni fod wedi gneud ceiniog neu ddwy 'sen ni wedi dala'r diawled pwysig 'na i gyd ar ffilm. Ble ddiawl ma'r camera wedi mynd?

—Falle alla i'ch helpu chi i ddod o hyd i'r camera, cofiais. Mae e gyda Ger a Stone. Fe weles i nhw'n mynd â'r camera fideo yng nghar Stone. Synnen i ddim eu bod nhw wedi mynd 'nôl ag e i'r ysgol.

Cododd y Parchedig ei ben.

—Ond mae'n mynd i ladd Ger, dywedodd.

—Pwy? gofynnodd Tony.

—Y Prifathro. Fe wneith e ladd Ger. Mae e'n meddwl mai Ger yw fi. Merch y Prifathro yw Lauren, fy nghariad i. Dyna pam o'n i'n methu derbyn y swydd yn yr ysgol. Mae'n mynd i ladd Ger. Dim ond pymtheg oed oedd hi pan wnaethon ni gwrdd! Fe ddarllenodd e'r llythyron caru wnes i anfon ati neithiwr...

Cafodd pawb yr un syniad ar yr un pryd ac fe neidion ni i gyd at ddrws y caffi. Doedd gan neb gynllun pendant, ond roedd pawb yn gytûn bod angen gweithredu ar frys.

Roedd car Tony a Frank wedi ei barcio ar dop y dref. Gwyddai pawb y gallai fynd yn draed moch ar Ger, a bod rhaid cyrraedd Ysgol Pengelli yn syth. Roedd yn rhaid eu hachub, Ger a'r fideo.

* * *

Dychwelodd Ger i'r ysgol am ugain munud i ddeg a rhedodd at ei ystafell ddosbarth. Pan gyrhaeddodd y Portakabin gosododd y camera fideo ar ei ddesg a thynnu'r casét allan. Y dosbarth o'i flaen oedd y 'bygars bach', blwyddyn 10. Doedd dim awydd dysgu arno o gwbwl, a phenderfynodd ddangos fideo i'r plant. Pan roddodd fideo Chris De Burgh yn chwarae'n fyw yn Wembley yn y peiriant fideo gwyddai'r plant fod ei hwyl yn wael.

—Syr, mae'r Prifathro ishe'ch gweld chi, dywedodd un o'r disgyblion.

Anwybyddodd Ger y disgybl – onid oedd ef ei hun wedi defnyddio'r un tric pan oedd yn ddisgybl ei hun i geisio cael gwared ar athro am sbel? Ond yn y man clywodd sŵn y Tanoy a llais cras y Prifathro,

—Prifathro'n siarad, a gaf eich sylw, os gwelwch yn dda. *Headmaster speaking can I have your attention please.* Mr Ian Griffiths i ddod i fy ystafell i ar unwaith. *Ian Griffiths, my room NOW.* Diolch yn fawr. Bing Bong.

—Gwyliwch y fideo 'ma'n dawel. Fe fydda i'n gofyn cwestiynau am 'The Lady in Red' a 'Don't Pay The Ferryman' pan ddo i'n ôl, gorchmynnodd, a gadawodd yr ystafell. Wrth adael y Portakabin gwelodd Ms Rees yn croesi'r iard at ei dosbarth.

—Ms Rees. Allech chi gadw llygad ar y rhain, os gwelwch yn dda? gofynnodd iddi.

Tra bod Ger yn diflannu ar draws yr iard i gyfeiriad y prif adeilad, ac at ystafell y Prifathro, roedd disgyblion blwyddyn 10 yn dechrau aflonyddu. Symudodd un ohonyn nhw at ddesg yr athro a gafael yn y fideo roedd Ger wedi tynnu allan o'r camera.

—Sgwn i beth sydd ar hwn, meddai yn drwyn i gyd.

—Ma' unrhyw beth yn well na'r *shite* 'ma, atebodd un arall.

*　　*　　*

Cerddodd Ger ar hyd coridor hir at ystafell y Prifathro – ei feddwl fel trên. Tybed oedd y Prifathro wedi ei adnabod o'r ffrwgwd yn y Cnapan? Oedden nhw wedi darganfod nad ef oedd Ian Griffiths? Safodd wrth ddrws ystafell y Prifathro, ac oedodd cyn cnocio. Roedd drws ystafell yr ysgrifenyddes yn agored a gallai glywed lleisiau yn dadlau.

Roedd un llais yn gyfarwydd iawn...

—Ond fe ddywedodd e yn y llythyr diwethaf ei fod yn gwneud cwrs ymarfer dysgu, ac ro'n i'n cymryd yn ganiataol mai fan hyn fydde fe'n bwrw'i brentisiaeth. Dyma'i lun e.

Rhewodd Ger. Llais ei dad oedd hwn.

—Mae hwn yn llun hen ofnadwy, clywodd yr ysgrifenyddes yn ateb, ond mae'n edrych yn eitha tebyg i un o'n hathrawon ni. Ond nid Gerson yw ei enw, ond Mr Ian Griffiths. Ac nid myfyriwr ymarfer dysgu yw Mr Griffiths, ond athro cyflenwi...

—O? ond... Clywai Ger y dryswch yn llais ei dad. Yna ac yntau mewn dau feddwl a ddylai fynd at ei dad ai peidio, datganodd ei dad mewn llais cryf, Alla i ddefnyddio eich peiriant llungopïo chi, os gwelwch yn dda?

—Cewch ar bob cyfrif, atebodd yr ysgrifenyddes. Ac ar yr un pryd chwipiwyd drws ystafell y Prifathro ar agor, a'r daran ei hun yn sefyll yno, yn amlwg ar fin ffrwydro. Cyn i Ger gael cyfle i ddianc clywodd lais y Prifathro.

—Dewch i mewn, Mr Griffiths, meddai hwnnw mewn llais anarferol o dawel.

Llyncodd Ger ei boer a dilyn y Prifathro i mewn.

*　　*　　*

Roedd cymaint o sŵn yn dod o'r Portakabin fel bod Ms Rees wedi penderfynu bod rhaid iddi fynd i dawelu'r plant. Pan gerddodd drwy ddrws y Portakabin gwelodd dri deg o ddisgyblion yn ymladd i gael bod yn y rhes flaen nesaf at y teledu. Gwthiodd drwy'r plant a gwelodd beth oedd yn cael ei ddangos ar y sgrin. Gwelwodd.

—Casét fideo pwy sydd yn y peiriant?

—Mr Griffiths, Miss, atebodd y plant i gyd ar yr un pryd.

* * *

Pan gyrhaeddon ni'r ysgol aeth Tony, Frank, y Parchedig, Pete a minnau yn syth at ystafell y gofalwr. Esboniwyd y cyfan i Stone ac fe'n harweiniodd at ystafell ddysgu Ger.

Wrth i ni gyrraedd gwelsom athrawes yn cerdded mewn i'r dosbarth. Clywyd sgrech a rhedodd yr athrawes allan i gyfeiriad y prif adeilad. Fe aethon ni mewn i'r dosbarth.

—Ble mae Mr Griffiths? gwaeddodd Tony uwch dwndwr a sgrechian y plant.

—Fan hyn! atebodd y Parchedig, cyn sylweddoli ei gamgymeriad.

—Gyda'r Prifathro, atebodd un o'r plant.

—Ble mae ei ystafell? gofynnodd Frank wrth i mi dynnu'r tâp fideo o'r peiriant a'i roi ym mhoced fy nghot.

* * *

—Aha! meddai'r Prifathro gan eistedd i lawr yn ei gadair fawr. Aha! Mr Ian Griffiths.

Tawelwch.

—A sut mae'r dysgu'n mynd?

—Iawn, hyd yn hyn, atebodd Ger yn methu'n lân â deall ymddygiad y Prifathro.

—Da iawn. Da iawn. A pha fath o berthynas sydd rhyngoch chi a'r plant?

—Gweddol, rwy'n credu. Maen nhw'n gwrando ar...

Torrodd y Prifathro ar ei draws yn sydyn.

—Fe ges i alwad ffôn neithiwr gan fy ngwraig. Roeddwn mewn cyfarfod pwysig ar y pryd, ond bu'n rhaid i mi adael cyn i'r sioe... cyfarfod orffen. Roedd fy ngwraig yn ypset ofnadwy. Roedd hi wedi dod o hyd i wybodaeth... anffodus... sensitif... am ymddygiad ein merch, Lauren. Ydych chi'n dysgu Lauren, Mr Griffiths?

—Sa i'n credu 'mod i wedi dod ar ei thraws hi eto... Ceisiodd Ger fynd drwy enwau'r holl ddosbarthiadau o blant yr oedd wedi sefyll o'u blaenau.

Roedd dewis Ger o eiriau yn anffodus iawn, er na wyddai hynny ar y pryd. Mae'n amlwg nad oes gan hwn gywilydd o gwbwl, meddyliodd y Prifathro.

—Blwyddyn deuddeg. Merch bert. Mae'n edrych yn dipyn hŷn na'i hoedran...

—Sa i'n credu 'mod i wedi cael y pleser, dywedodd Ger yn dal i geisio crafu'i ben.

—Ie, wel. Fe ges i sgwrs go lew gyda 'ngwraig, roedd hi wedi dod o hyd i'r rhain neithiwr... meddai'r Prifathro mewn llais hynod o dawel, a thaflodd fwndel o lythyrau ar y ddesg.

Cydiodd Ger yn yr un ar y top a dechrau ei ddarllen.

—Mae hwnna'n un eitha diddorol. Sylwch ar dudalen tri, y trydydd paragraff, dywedodd y Prifathro.

Darllenodd Ger y darn yn uchel.

—*... Rwy wedi cael cynnig swydd dros-dro yn Ysgol Pengelli. Os gymra i'r swydd fe fydd yn rhaid i ti alw fi'n Mr Griffiths, nid stalwyn fel rwyt ti'n galw fi yn y gwely...*

—Gwely? Sa i'n deall, crychodd Ger ei dalcen, yn teimlo fel petai wedi cerdded mewn i'r pictiwrs hanner ffordd drwy'r ffilm.

—Naill ai eich bod yn arddwr brwd, Mr Griffiths, neu...

Yn sydyn cliciodd Ger. Dyna pam nad oedd y Parchedig

yn medru derbyn y swydd yn Ysgol Pengelli! Lauren...
Onid Lauren oedd enw cariad y Parchedig yn y Cnapan?

—Ry'ch chi wedi gwneud camgymeriad erchyll, Mr Prifathro, ceisiodd ddechrau esbonio.

—Na! Chi sydd wedi gwneud camgymeriad erchyll, Mr Griffiths!

Ac wrth ddweud y geiriau hyn tynnodd y Prifathro gyllell o gwpwrdd y tu ôl iddo a chlosiodd at Ger yn fygythiol.

—Nawr, 'te. Fel y'ch chi'n gwybod rwy'n darllen y Koran a'r Hen Destament, ac rwy'n siŵr eich bod yn gwybod beth yw'r gosb mewn gwledydd Islamaidd, Mr Griffiths, pan fydd rhywun yn rhoi ei fysedd ble na ddylen nhw fod. Mae dwylo blewog yn cael eu torri bant, felly... nid dim ond eich dwylo chi sydd wedi bod ble na ddylen nhw fod...

—Nid fi yw e! Help! Help! gwaeddodd Ger.

Wrth iddo weiddi agorodd y drws a llifodd pymtheg o blant bach melynion tiroedd China Rydd i'r ystafell yn gwisgo gwisg pêl-droed. Roedd ganddyn nhw i gyd lun o Ger ac roedden nhw'n pwyntio at y llun ac at Ger gan weiddi.

—Ap y Parchedig! Ap y Parchedig!

—Nid fi yw'r Parchedig! gwaeddodd Ger.

—Beth sy'n digwydd, Gerson? Pam wyt ti'n galw dy hunan yn Ian Griffiths? gofynnodd tad Ger oedd wedi dilyn ei bêl-droedwyr i'r ystafell. A phwy yn y byd y'ch chi? gofynnodd i'r Prifathro, oedd erbyn hyn yn eistedd ar ben Ger yn dal cyllell yn fygythiol uwch ei ben.

—Mae'r diawl 'ma wedi bod yn bustachu Lauren, fy unig ferch, gwaeddodd y Prifathro yn ddireolaeth.

Yng nghanol yr anhrefn rhedodd Ms Rees i mewn.

—'Na chi! Da iawn, Prifathro! Torrwch 'i bidlen e bant. Mae'r pyrfyrt wedi bod yn dangos fideos brwnt i'r plant!

Gwelodd Ger y gwallgofrwydd ar wyneb y Prifathro, y dicter ar wyneb Ms Rees, yr anobaith a'r siom ar wyneb ei dad, a'r syndod ar y pymtheg o wynebau melyn.

—Rwy'n gallu esbonio popeth, sibrydodd, ac yn lwcus iddo ef ar y funud honno rhuthrodd Tony, Frank, Pete, y Parchedig a minnau i mewn i'r ystafell.

Pennod 25

DIFFODDODD JERRY COOK y peiriant fideo a thynnu'r tâp allan. Tawelwch llethol. Yn eistedd ar un ochr o'r ystafell roedd Tony a Frank yn gwisgo'u siwtiau gorau, y Parchedig gyda'i beiriant Casio, Pete, Ger a minnau. Gyferbyn â ni roedd Maer y dref, chwe chynghorydd, Elfed Oakes a Moelwyn Lewis y Trydydd.

Roedd Ger wedi cofio bod Jerry wedi addo ei helpu os byddai mewn trafferth, ac felly ffoniodd y CAB yn Llambed. Roedd Jerry yn fwy na pharod i helpu'r dyn oedd wedi ei achub a'i atal rhag cael cosfa wedi iddo ymosod ar Dafydd Iwan yn y Cnapan.

—Fe allen nhw fod yn... yn... *lookilikies*, mwmiodd un o'r cynghorwyr oedd hefyd yn Ynad Heddwch, ac wedi dysgu sawl tric pan oedd ar y fainc.

—Sa i'n credu bod gan lawer o bobl datŵ ble ry'n ni newydd weld tatŵ, mynnodd Jerry, oedd hefyd yn gwybod ambell i dric.

—Falle yr hoffech chi dynnu eich trowsus a dangos i ni nad oes gennych chi datŵ?

—Beth y'ch chi moyn? Arian? gofynnodd y Maer.

Roedd pawb yn gwylio Jerry, a oedd erbyn hyn yn dal y tâp fideo rhwng ei fysedd.

—Mae dau ŵr busnes ifanc ac egnïol o'r enw Mr Francis Albert Sinatra Wright ac Anthony Bennett Wright wedi rhoi cais mewn am dender i ddarparu bwyd i ysgolion a chartrefi hen bobl y dref. Rwy wedi clywed bod Mr Moelwyn Lewis wedi rhoi cais mewn hefyd, a'i fod ar fin derbyn y cytundeb. Rwy'n siŵr y bydd y pwyllgor priodol yn newid eu meddyliau ac yn gwobrwyo menter y ddau ŵr ifanc yma, dywedodd gan bwyntio at Tony a Frank.

—Ol reit, ol reit. Dyna ni, popeth drosodd... meddai'r Maer yn ddiamynedd

—Megis dechrau, atebodd Jerry gan wenu. Trodd i siarad â'r Ynad Heddwch. Pan fyddwch chi'n eistedd ar y fainc fore dydd Llun mi fyddwch yn cwrdd â Mr Ian Griffiths eto, ac wedi iddo bledio'n ddieuog rwy'n gobeithio y caiff ei ryddhau'n ddiamod, ac y gwelwch chi fyth mohono eto. Hefyd mae'n debyg bod cyhuddiad difrifol iawn yn erbyn Gerson Williams, sef cyhuddiad un o ddynwared athro mewn ysgol gyfun, a gan bod Mr Williams ar fin gadael y wlad rwy'n gobeithio na fydd yr heddlu'n mynd â'r mater ymhellach.

Nododd yr Ynad Heddwch yn ddistaw, ei lygaid bellach yn rhythu ar smotyn ar y llawr.

Trodd Jerry at Elfed Oakes.

—Hefyd, mae dyn ifanc talentog yn eistedd fan hyn allan o waith ar hyn o bryd. Mae'n ysu i fod yn rheolwr bar yn un o dafarndai mwyaf llewyrchus y dref...

—Na. *No Way*. Sa i'n rhoi swydd i hwnna! Mae e *out of bounds*! gwaeddodd Oakes, cyn i'r Maer sibrwd rhywbeth yn ei glust. Clywais y geiriau 'clwb golff', *'black balled'*, ac 'am byth'.

—Iawn. Iawn, fe geith Peter ei swydd yn ôl, cydsyniodd Oakes yn ddigalon.

—Ol reit, ol reit. Nawr, 'te, beth am y tâp? gofynnodd y Maer wrth godi o'i sedd.

—Wel, mae'n amlwg y byddaf i'n cadw copi, ac fe fydd copi arall mewn man diogel, rhag ofn i chi gael unrhyw syniadau dwl. Rwy wedi llunio cytundeb cyfreithiol

swyddogol rhwng y ddwy ochr yn yr… yr anghydfod yma.
Os wnewch chi arwyddo fan hyn fe anghofiwn ni'r cwbwl
am beth ddigwyddodd…

—Beth ddigwyddodd pryd? gofynnodd Tony gan wincio
a gwenu'n ddrygionus wrth i bawb arwyddo.

—Sa i'n gwybod am beth y'ch chi'n sôn, ychwanegodd
Frank yn wên o glust i glust.

*   *   *

Roedd Ger wedi mynd am dro gyda'i dad ar hyd y prom i
drafod ei ddyfodol. Doedd ei dad ddim yn hapus iawn o
wybod ei fod wedi bod yn gweithio mewn tafarn, wedi
methu ei radd, ac yn fwy na dim wedi dweud celwydd
wrth ei rieni. Roedd hefyd yn anhapus bod ei fab wedi
cael ei arestio ar gyhuddiad o ddynwared athro, a'i
gyhuddo o weithredodd fyddai wedi dychryn tadau dinas
Gomorra hyd yn oed. Roedd tad Ger wedi amcangyfrif
bod ei fab wedi torri rheolau pedwar, pump, wyth, naw a
deg o'r cyfamod rhwng Duw a Moses, ac roedd yn ei amau
o dorri rhifau un, dau tri a saith hefyd.

—Wyt ti'n siŵr na wnest di ladd neb? gofynnodd ei dad.

Cerddai'r ddau ar hyd y prom gyda phymtheg pêl-
droediwr addawol o Taiwan yn eu dilyn mewn rhes fesul
un. Wedyn cafwyd cyfarfod teuluol, a theimlodd Ger yn
euog iawn pan welodd ddagrau'n powlio lawr gruddiau
ei fam.

Dychwelodd i'r dafarn a dywedodd ei fod wedi derbyn
cynnig ei dad i fynd i Taiwan. Roedd ei dad wedi mynd i'r
Drenewydd ar gyfer rowndiau terfynol y gystadleuaeth
bêl-droed a'r seremonïau gwobrwyo. Esboniodd y
byddai'n dychwelyd nos Sul i nôl Ger, ac y byddai ei

chwaer yn dod i gasglu'r llyfrau.

—Cer â rhai o'r llyfrau os wyt ti moyn, dywedodd wrthyf yn drist. Fydda i ddim eu heisiau nhw rhagor.

*   *   *

Roedd Ger a minnau wedi bod yn brysur drwy'r bore yn darparu brechdanau, coginio a thorri selsig, ac yn agor poteli picyls a phacedi crisps wrth i glychau'r eglwys ganu i geisio denu addolwyr at allor yr Iôr. Wedi'r paratoi cawsom gyfle i ymlacio a chael diod dawel wrth y bar gwag.

Yn hwyrach yn y prynhawn clywais gnoc ar y drws ac o'i agor gwelais Stone, Tony, Frank, Pete, y Parchedig a Lauren, a Bill Bombay yn edrych fel y werin yn sefyll y tu allan i'r Palas Gaeaf. Wedi i bawb ymgasglu yn y bar ffrynt caeais y drws: parti preifat fyddai hwn.

—Wel, Pete, mae'n well i ti ddechrau serfio pawb, gan dy fod yn mynd i weithio fan hyn eto, dywedais.

—Digon gwir, atebodd yntau'n hapus.

—Fe benderfynaist di ddod 'nôl, 'te, dywedais.

—Man a man a mwnci, ysgydwodd ei ysgwydd yn ddigon bodlon ei fyd. Ble gwell i gwrdd â'r holl ferched sy'n mynd i 'ngharu i yn y dyfodol?

Gydol y prynhawn a'r nos llifodd yr alcohol yn ddiffwdan, a bu pawb yn sôn am ddigwyddiadau'r wythnosau a'r misoedd aeth heibio, a chan fod Bill Bombay yno, yr hanner canrif aeth heibio hefyd! Er fy mod yn mwynhau fy hun roedd un peth yn dal yn fy mhlagio – beth oedd cyfrinach brawd Emily Jones, a beth oedd yn y bocs roedd Tony gymaint ei angen?

Penderfynais ofyn i Tony am ateb i'r dirgelwch, wedi'r cyfan roedd wedi bod yn dipyn o drafferth i mi gael y bocs iddo heb iddo orfod priodi Miss Jones. Pan welais Tony yn codi i fynd i'r toiledau codais innau ar yr un pryd a chefais gyfle i ofyn iddo.

—Roedd e'n grefftwr heb ei ail... brawd Emily... a'i grefft oedd gwneud allweddi. Mae holl gyfrinachau'r grefft yn y bocs, esboniodd Tony.

—Es i a Frank ati i feddwl am gynllun busnes er mwyn ennill digon o arian i symud Mam-gu mas o gartref Bodlondeb, ond gan ein bod ni wedi cael cytundeb cartref Bodlondeb ry'n ni'n ddigon hapus i adael iddi aros yno. Wedi'r cyfan ni fydd yn darparu ei bwyd, ac fe allwn ni gadw llygad ar Moelwyn Lewis hefyd, dywedodd gan wincio.

—Ond beth oedd y cynllun? gofynnais.

Tynnodd Tony allwedd o'r gadwyn oedd ar ei wddf.

—Dyma'r allwedd. Ry'n ni wedi creu allwedd sy'n agor y bocs arian mewn blychau ffôn. Mae pedwar deg saith blwch teleffon yn y dre 'ma, a dros y 'Dolig mae pawb yn ffonio'u teuluoedd. Ry'n ni wedi amcangyfrif bod o leia can punt ym mhob blwch...

—Bron â bod yn bum mil o bunnoedd, cyfrifais.

—Fe fu Frank am *dry run* neithiwr, a llwyddodd i agor chwe bocs yn ddidrafferth, meddai. Nawr bod Frank a minnau wedi troi'n barchus does dim angen yr allwedd arnon ni. Ond falle y bydd yn ddefnyddiol... i rywun... yn y dyfodol... dywedodd gan roi'r allwedd yn fy llaw.

—Falle'n wir! diolchais gan roi'r allwedd yn fy mhoced.

—Gyda llaw, does dim diddordeb 'da ti mewn prynu car, oes e? Ford Cortina Mark 3, gyda chwe mis o MOT. Fydd angen rhywbeth mwy... ecscliwsif arna i a Frank gan ein bod yn aelodau o'r gymuned fusnes swyddogol, barchus.

—Faint? gofynnais.

—Hanner can punt i ti. Ac mae hwnna'n cynnwys y sboiler ar y cefn hefyd cofia!

—Feddylia i am y peth. Mae'n well i ni fynd 'nôl, neu fe fydd pobol yn dechre siarad, dywedais, a chwarddodd Tony'n uchel.

Dychwelais at y bar i siarad â'r Parchedig a Lauren. Roedd Stone wrthi'n trafod rhywbeth gyda Lauren.

—Mae 'da ni fwy nag un achos i'w ddathlu heddiw, datganodd y Parchedig. Mae Lauren a fi wedi dyweddïo!

—Llongyfarchiadau! A beth mae dy dad yn ei feddwl am hyn, Lauren? gofynnais.

—Mae Dadi wedi cymryd blwyddyn mas... *Sabbatical*... Mae ei nerfau en rhacs... achos gwaith ysgol rwyn credu... Mae Mam yn meddwl mair peth gorau i fi wneud yw teithio am ychydig cyn dechrau ar fy Lefel A.

—Ac rwyf inne wedi safio tipyn o arian, ac ry'n ni'n mynd i Salzburg, man geni Mozart, ac wedyn ymlaen i Ffrainc i ardal Jean Michel Jarre, brenin modern yr allweddellau.

Symudodd y Parchedig o'r bar i gyhoeddi'r newyddion da am ei ddyweddïad.

—Wyt ti'n dal yn hapus yn yr ysgol 'na, Stone? gofynnais.

—Fel y gog... Tin gwbod y Ms Rees na... mae wedi gofyn i fi drin ei gardd, atebodd gan wincio.

Clywyd cnoc ar y drws ac aeth Pete i'w ateb. Dychwelodd gyda Pelé, Tom ac Escoffier, i gyd yn eu siwtiau gorau, a'r ci, yr Archesgob Makarios, yn gwisgo siaced goch.

—Ble chi 'di bod? gofynnodd Ger.

—Ar daith, oedd ateb dirgel Escoffier.

—Taith ar hyd arfordir Gorllewin Cymru. Poppit,

Llangrannog, Cei Newydd, Borth, Ynyslas, ac yn olaf y dre 'ma.

—Chi'n gweld y ci bach 'na? Mae e werth ei bwysau mewn aur, dywedodd Pelé.

—Chi'n cofio Charlie yn dweud yn ei ewyllys bod rhaid mynd ag ef am dro ar y traeth bob dydd? atgoffodd Escoffier. Wel, roedd Charlie wedi dysgu'r ci i arogli metel. Metel. Bomiau, arian, ceiniogau...

—A shrapnel! ychwanegodd Bill Bombay, gan gofio bod y ci wedi neidio am ei goes.

—Fe ddethon ni o hyd i dros ddegpunt yn Poppit, ac mae'n ganol gaeaf! dywedodd Tom.

—Oes asiant gyda chi i'r ci? gofynnodd Frank.

—Gad hi, siarsiodd Tony. Ry'n ni'n ddynion busnes parchus nawr.

Sylwais fod Ger wedi bod yn dawel iawn ers peth amser, ac er bod pawb yn mwynhau eu hunain yng nghanol y strimars a'r balŵns, gwylio bysedd y cloc yn symud yn araf wnâi Ger.

—Does dim rhaid i ti fynd, dywedais wrtho.

—Oes, mae'n rhaid i mi fynd.

—Ond pam? gofynnais.

—Ydw i wedi sôn wrthot ti am yr athronydd Chuang-Tzu?

—Do, sawl gwaith, yn enwedig pan ti wedi bod yn feddw, griddfanais.

—Wel, mae ganddo stori am saer sy'n dod o hyd i hen goeden dderw wedi pydru. Mae'n gwbl ddiwerth, yn rhy bwdwr i wneud dim â hi, ac mae'r saer yn dweud wrth ei brentis 'Allwn ni ddim adeiladu llong gyda hon, allwn ni ddim creu offer gyda hon, allwn ni ddim ei cherfio... mae'n rhy hen i wneud dim â hi. Ond yn ei gwsg y noson honno mae'r goeden yn ymweld â'r saer ac yn dweud wrtho, 'Paid cymharu fi gyda'r goeden oren neu afalau. Mae pobl yn torri eu canghennau ac yn dwyn eu ffrwyth, ac maen nhw'n marw'n ifanc. Dyna pam rwy'n ddiwerth, er mwyn cael byw yn hen.'

—Sa i'n deall y stori, dywedais mewn penbleth.

—Na fi chwaith, cyfaddefodd Ger yntau. Rwy wedi bod yn malu cachu am Chuang-Tzu ers blynyddoedd, ond dwi byth yn deall neges y storïau. Man a man i fi fynd i Taiwan at lygad y ffynnon, neu dim ond aros fan hyn yn yfed fydda i.

—Mae gwaeth ffyrdd o fyw, mynnais.

—Oes ond dyw pethau ddim yn gallu para am byth. Bydd Tony a Frank yn lejit cyn bo hir. Mae'r Parchedig yn gadael, bydd Pete yn brysur… na, mae pob dim yn dod i ben. Amser i symud ymlaen, dywedodd.

Tynnodd Ger flwch matsys o'i boced a'i wagio ar y bwrdd. Tynnodd falŵn oddi ar y wal a'i fyrstio gyda'i sigarét. Trodd pawb i edrych arno pan glywson nhw'r sŵn. Cerddodd yn araf at y bar ffrynt gyda phawb yn ei ddilyn. Rhoddodd weddillion y balŵn yn y bocs matsys, a'i roi ar y tân.

Saliwtiodd Bill Bombay a dechreuodd chwibanu 'Cyrnol Bogie'. Roedd y dagrau'n powlio lawr ei ruddiau.

Ddeng munud yn ddiweddarach roedd Ger wedi diflannu mewn fan felen ar ei ffordd i Taiwan.

Pennod 26

ROEDD YN RHAID i minnau adael hefyd. Allwn i ddim byw bywyd fel hyn weddill fy oes. Doedd gen i ddim syniad beth i'w wneud na ble i fynd, ac roedd y Nadolig, amser mwyaf digalon y flwyddyn, yn agosáu.

Prynais y Ford Cortina Mark 3 wrth Tony a Frank, a dechreuais gasglu arian ar gyfer fy nhaith.

Wrth i blantos bach Cymru ddisgwyl am Siôn Corn roeddwn i'n teithio o gwmpas trefi Ceredigion a Sir Gaerfyrddin yn 'casglu' arian o flychau ffôn. Ar Noswyl Calan, wedi cael fy Nghalennig yn gynnar gyrrais y Ford Cortina o'r dref heb wybod yn iawn i ble roeddwn am fynd.

O ie, gyda llaw... pan oeddwn yn cysgu neithiwr breuddwydiais mod in bilipala...

Am restr gyflawn o lyfrau'r Lolfa, holwch
am gopi rhad o'n Catalog lliw – neu
hwyliwch i mewn i **www.ylolfa.com!**

Talybont Ceredigion Cymru SY24 5AP
e-bost ylolfa@ylolfa.com
y we www.ylolfa.com
ffôn (01970) 832 304
ffacs 832 782
isdn 832 813